中国年度最佳散文诗选

龚学敏 周庆荣 主编

成都时代出版社

醒来的满心疑问，蝼蚁一样噬咬豢养的痛楚/花开的瞬间，叶落的瞬间，他睁开眼睛的瞬间/小羊羔落生在草原的襁褓，白云飘落在兴安之巅/我也想把春光拢在身旁，把日子的芳菲收藏/我的屋檐，露水滴落，像一声声鸟鸣，悬挂在春的枝头/我为自己辩解，用一滴水锁住午后的阳光/进入《诗经》的园子，采摘唐诗的花、宋词的果/头颅硕大、阔脸浓须的中原人，总能将命运与国家相连/奔跑不歇的桑梓和族谱，一次一次，将山一样的宫殿拉低/是时间的鞭楷抽开了她的身板，饱满的秋意，秋花香，被搬动的泥土/土块一样结实的人，用手背擦去脸上乌云的眼泪。抓起刀柄，远处的麦田是他的疆场/绝望，早就被我用蛙鸣清洗干净/采煤机司机老铁每次下井都会把自己收拾得干干净净，像参加仪式般地郑重、肃穆/吹薄历史沉甸甸的夹页，却没吹走一叶小小的梨花/我的心，你要学江河之水长流向远方，领我兼程，一路放歌……/在人间，人是唯一寂寞的旅者/虽然只是一张普通而平庸的脸，却暗藏这个时代所需要的全部表情/黄昏后，蝴蝶收起透明的羽翅，停歇在山峰的肩头/穿越黑夜和风雨，在大地上成为生命的支点/总有一峰雪，析出岩石的皓白/它，也许只是一声叹息、一个祭奠、一句怒发冲冠，一行泪雨潇潇下/大风将至。我请月儿移步/雨来时，我们正前往一座千年的古刹/站着和跪下是绝对不同的两种姿势/注视得太久了，就成了一种负担担没有既流动又永恒的东西存在/嘈杂的一切都被寂静反复折叠/空扬扬的草原上，牧歌含藏/冷处偏佳，别有根芽，不是人间富贵花/一个影与另一个影背道而驰/我与低空飞行的鹰，并行在昆仑山190公里的山谷里/拉萨河的水和岸几乎是平的，湍急地流着/我要长出长发，在被风吹拂的影子中/感谢光线的刻画/雾气升起。我很少承认，这是消失。它只是换个地方，默默地散去/穿过粗粝的岩土，把这个动词一层一层地磨砺出一粒粒夺目的火星/姐姐，我们归来/弹拨春天、乐器和宋词/更深的雨夜，麦田和楼群比肩拔节，灯火与星辰联袂私奔/人间的坑洼与纷攘，如天上星斗、水上风浪，任由花蕊翻新、水流做旧/青衣西走，岷水北流/我在一地的月色里，暗修栈道/下一场月光雪，像一个醉僧的一生，怎一个"悟"字/写过一杯浊酒。起笔和收笔，带着自己的奇兵/我不是阿多尼斯。我不会在晴朗的夏夜，对照着我的掌纹，解读星辰/一颗种子，因基因的善良，让大地安定/一片藏在我姓氏里的云朵，不管如何变换怀念的姿势，都铁一样坚硬/荒原无语，她只默默地厮守，从来不喋喋不休/红，红成一道精彩。绿，绿成一片水波/黑而红，红而灰，灰而白，白而无……/所爱的，远远地站在一边束手无策/室内飘香的花，并不一定是盆景/悠扬的笛声把草原从梦中唤醒，奶茶的甜香，煮浓了牧民的早晨/早晨

目录

A–G

P–T

W-X

Y–Z

【
A
I
G
】

黄河故道

转过一片茂密的林木，突然听到了河流的声音。

犹如闻听一声声密码转动，开启了生命之锁。

阜宁诗人告诉我，这就是黄河故道。

也就是说，一条河从无到有，澎湃过，汹涌过，运送过舟楫和云帆。

只是一些流水已选择了更宽阔的容身之所，一条故道暂时留下，呼应一些人怀旧的情绪。

没有既流动又永恒的东西存在。

一条河，天生就是一个穿梭于过去、现在、未来的奔跑者。

真正进入过时间的内部，拥有飞翔之姿，却选择了更低的姿态，与冰雪、泥沙为伍。

河的故事，密布许多你不知道的幽深，和荒凉，承载过不为人知的寂寥，和沧桑。

那些茂密的青蒿和小飞蓬与之相比，只是一缕轻微的气息。

那些来来往往的暮色和万重山与之相比，只是轻舟已过的瞬间。

那些追赶着河流奔跑的白云，和划过天际的鸟声，仅仅只是雨点滴答破碎时，如梦如电的寂灭。

一条河是一切的问题，也是一切的答案。

它终于经过因果流变，沉寂了下来。

艰难的挣扎和内心的折磨，正被越来越深的平静取代。

而许多人进入末法时代，众生正在饮苦食毒……

我不能确信，在一条河流的故道，是否还会有摆渡人出现。

今天，我就站在黄河故道面前。

我平静地看着它，它也平静地看着我。

原载于《诗潮》2019 年第 4 期

唯有风雨苍茫如幕（二章）

大雨中经过一座村庄

雨声是执拗的收割者。

奔忙的脚步声、喧嚣的市井……泥潭般的诅咒，鸟鸣般的颂歌……

嘈杂的一切都被寂静反复折叠，近于虚无。

有人入梦，有人从梦里出来。

每一扇门都虚掩着，迎迓着这个深一脚浅一脚的世界。

暮色潮湿。

村庄安详。

在大地辛凉的静默里经过一座村庄，便经过了这个世界最温暖的部分。

一场雨，下向苍茫之地

一场雨没有来处，
一条路没有去处。
没有谁认领一场雨，而那场雨，认领了一切：
它视万物为孤儿，它不偏不倚地分发它的沁凉，
它熄灭了那些虚妄的火焰。

空荡荡的草原上，牧歌岑寂。
一朵朵的花，举着流水的背影，无言。
没有人从远方归来，披头散发的青草向一条伸
向草原深处的小路悄悄挪动脚步，已经覆盖了路的
一部分。
那条蜿蜒的土路上，一个个浑浊的小水洼里，
盛着傍晚的天空，和它巨大的阴影。

原载于《星星·散文诗》2019 年第 3 期

陈劲松作品

冬日帖：新年或冷暖（二章）

光阴之白

大地尽白之后，我也尽白。在雪中站久了，不给自己留下余地。

爱一个人无须余地，让自己白；恨一个人无须余地，让自己白。

那是雪之白，头之白，心之白，光阴之白。

那样的天地，不仅好看，不仅苍莽，不仅辽阔，不仅冰晶。

更没有多余的杂念。

新城市人是城市的有机组成部分，空气、阳光和雨露都会滋润他们。这是城市的更新换代，推动着城市进步。

他们坚韧、朴实。一身依附于他们的尘土，背负着前行。

新华书店的下午

我随意抽出一本书，随意地翻。这个冬天，我内心的冷甚于天冷。我到书店里找暖。

我翻开书本里的雪花，以冷制冷。雪花纷飞，梅花寂寞。我坐在靠窗的桌边，看着文字一样孤独的身影，心有悲欣。孤单原来可以原谅孤单，孤独原来可以温暖孤独。

冬日不声不响，坐在我对面。像一个雪夜归来的人终于走进了一个避风的小屋，与自己对酌。桌上没有红泥小火炉，我期待翻开的书里有。

纳兰说：冷处偏佳，别有根芽，不是人间富贵花。

似是写雪，又似不是。

我一读到，一朵朵雪便从书本的天空飘落下来，纷纷扬扬，落满了书店整个下午的时间和空间。

原载于《天山时报》2019 年 2 月 23 日

坐在月牙尖上的人

坐在月牙尖上的人，孤傲、清冷。一如月光。

这被众人仰望的冷漠的月光。今夜的月光。

繁星隐去光芒。云朵后退。夜，陷入深渊。

万树摇风。风自海边来，风从风中来。

海浪拍岸。礁石和岛屿、船舶与海水都承接着
热烈或冷寂。远山逶迤，水汽濛濛，夜色空蒙，都
是想念的形状。

月光铺下道路。

夜行。一个影与另一个影背道而驰。

有人坐在窗前数白发。发中年之浩叹。

那么多美好的事物已逝，仿佛尚未来得及爱过
它们。像今夜的月光，怎样可以捧在手心而不散淡？
像这一刻的光阴。

多想用坚硬的牙咬住夜的一角，用执念之心在
深渊里完成自我救赎。

坐在月牙尖上的人，孤高。她有一颗漠视众生之心，却挽不住流光。

曙色既现。朦胧的、暧昧的、幻灭的……渐渐呈现出新一日的明朗。

原载于《星星·散文诗》2019年第8期

七日，或次仁罗布①（节选）

第 2 日，7 月 27 日，昆仑山南山口乃吉沟大队检查站—纳赤台—西大滩—昆仑山垭口—可可西里—格尔木。G109，转青藏铁路 Z6801。

1

千万朵云，如千万条海浪，从山峰背后席卷而来。我与低空飞行的鹰，并行在昆仑山 190 公里的山谷里。

我知道，这是鹰在腹腔里积存氧，恒久地去翱翔天空的修行。

鹰顶着风化的流沙，或者雪，俯视古生海床，以及海床上端坐化的道士。当然，也给道士传递经文。

而侧傍，冻土上羸弱的草、羸弱的花，引导着傲慢的人儿低首，在冰雪融化的水里看清楚自己肮脏的容颜。

成路作品

---

①次仁罗布，藏语，意为长寿宝贝。

而侧傍，4768米海拔的阶梯上有孤庙，是否留给我之外的哪位圣人布道。

2

一只苍蝇落在我的手背上的时候——

两只待产的藏羚羊从可可西里的东边向西行走，拉着架子车朝圣的一家老幼磕着长头从我背后经过，哼唱曲子的背包客和着远方火车的汽笛声，看着苍蝇坏笑。

我，只好缓慢地把手和苍蝇挪到头顶，给以光，或者把此刻心里仅持的肃穆，给昆仑山北坡西大滩六月的祭坛。

第3日，7月28日，火车上，经那曲草原到拉萨。

1

5点钟刚过，黑牦牛如裂口的豆粒，在草甸子上撑开天。

　　我在列车窗口向东方望去，逆光中，大地的黑与太阳涂染的光正好形成了鲜明的色差，添加了旅人探进去的神秘。

　　远山衔接的云是乌云，黑沉沉地向上铺展，突然一道金光插入其中，再向上就是淡白色的云了。在这些丰富的云团中，偶尔会有一片纯蓝的天露出来，像一扇门——有神会走出来的门。如若走出来神，那是掌管什么的神呢？

　　牦牛，依然只管吃草，也抬头盯视躲在窗后的窥视者，也许仅是抬头……

2

　　拉萨河的水和岸几乎是平的，湍急地流着。

　　作家次仁罗布委托两位姑娘，献给我和我的朋友贺黄生的哈达，在吹过紫色格桑花的风中飘起，我视哈达如拉萨河。

3

　　鸽子，在布达拉宫广场上啄食，在藏袍里安睡。手持念珠，或右手举于胸前的信使口诵经文。我听不懂经文，唯能在大雨中抬头，以退伍军人的方式，向朱红和雪白的圣殿行注目礼。

大雨夜，借宿的房间里有一盏长明灯。

这是主人给我的护佑，也在半夜把我喊醒——

"嗨，抬起头看窗外，你视角对面那面蓝色经幡旗，它是夜的打祭神。"

"嗨，旗子褪色了，泛的白，是夜间给你的时间光。"

第7日，8月1日，格拉丹东湿地—日喀则—拉萨。4路公交车，转拉日铁路Z8804。

雨遮盖了牧民在湿地收割青稞的脸庞。汽车礼让懒散的牛。油菜花正在盛开。我和班禅额尔德尼·确吉杰布擦肩而过。

我知道，天空的梵音是从班禅举行的法会传来的。

我想知道，东边远山顶上飘过的像人的云，有无法号，有无法衣？

我也在火车窗口，向站在一方土台上行举手礼的护路警察回礼。

原载于《散文诗》2019年第9期

时间插图（二章）

桑树下的晌午

它总是出现在种种情形中，引述画面、段落：无须区分，是观看还是想象。

这里，有一些情调。有一些浪漫。有一些久违。

否认，不能制造出田野。惯例曾经柔美过，仿佛在赞同我。

我拍落露珠，用日光解开多年的回顾。远景从不坦白，它有痛苦，需要慢慢翻阅。

我直接来了，想做个看守。我愿意接受农业的指派。

那一刻，我要长出长发，在被风吹拂的影子中，感谢光线的刻画。

叶片像一张收据。泛黄的树身，有一颗成长的心，让它更加结实。

从青涩到甜美的果实，我全知道。阳光给它写下历程。

离开的人没有放弃，他记住了一切。池塘边一棵，窗户前一棵……我记得还有一棵，安详的模样。它一天天变老。它缓慢地守着我一无所知的信条。

日升，日落

清晨。大雾。操场。我被老师罚站，在教室外背诵一则训条。

在语法里，控制一个同义词。在道歉里，做对抗的试验。

我可以绕过你，用祝福交换位置。独白可能是一种隐瞒、一种等待，或者什么都不是。如同柳树站在那里，咏叹水中的倒影。它象征的样子，影响很大。

每个人都有自己的内幕。周四，我以各种名目恐惧。

我一无所获地挖掘自己，越来越信任云层。一个曾经填写经历的人，被道理改造过，被说服感动过，最后的身份尚不确定。我一直在想，是哪一天，我变得如此广大。

雾气升起。我很少承认，这是消失。

它只是换个地方，默默地散去。我终于明白——此刻，它就是过去的一部分。

原载于《散文诗》2019 年第 6 期

挖掘

穿过粗粝的岩土，把这个动词一层一层地磨砺出一粒粒夺目的火星。

铁锹不喊疼。

一直向下，在灵魂的深处，越挖越深。

它不再滞留于表象，浑身锐气，蕴藏着淬火之后的一腔热情——

锲而不舍地挖掘：不在之在、潜在之在……

敞开沉睡千年的隐秘的部分，挖的不是欲壑，不是陷阱，不是噩梦，也不是伤痕，不是万劫不复的深渊。不是泪水而是一泓心灵的温泉，关乎生命的骨髓与精神。

历史的真相，需要在挖掘中确认：前世的落日。古典的陶俑。一块玉石蓄谋已久的温润。赤足的金：让黄沙散尽。

不知你是否把持得住，一把铁锹的坚韧与隐忍？

穿透力很强的铁锹，它最不愿意浅尝辄止，它之所以孜孜不倦地追寻，是因为担当着开拓的责任。

臂力强劲，打开丰富的矿脉，崇拜灵府中吉祥的图腾，我有足够的耐心。

挖掘，从深长的井巷里寻找古老的光明。此时，我唯有心绪淡定，并且薪火相传，土地深处的一脉余温。

原载于《星星·散文诗》2019 年第 1 期

灵渠访古

　　秦始皇的铁蹄已经席卷了北方，匈奴退到了凉风的后面，正用沙漠和盔甲阻挡着烟尘。这时南方却是一片葱绿，湘江和漓江各自流淌，而水流却在运河中渐渐接近。我的兄长在挖渠，他的胡子粗硬，几乎盖住了整个脸。他的手掌宽大，撑得住劳役和艰辛。他在挖渠，他知道历史的进度突然加快，一股大势推搡着旧日的山河在云翳下挪移、错动。我的兄长已经出手，他不再犹豫，不再等待。他出手了，用他的力量，用他的命，在地上开挖。他预感到创造和使命已经集于一身，此时不干等待何时。此时退缩就不配为壮士，此时不献身就是废物和孬种。他庆幸赶上了这一刻，他为劳累而骄傲。他在开挖，他和无数个人在开挖。如果汗水载不动船只，就加入泪水；如果泪水太咸涩，就倾倒出血液，直到江流柔软、波浪平滑，一个强国从这里经过，而不留下脚印。兄长啊，你是对的。你受命于王权，在历史的拐点上开辟着捷径。你有权站在渠底牵引波浪，你有权在水面添加流霞和皱纹；你有权日夜不息，把死亡当作命中注定的一站，一走到底，直到跨过生命。而现在，你正在拼命地开挖，你顾不上说话，你没有时间幻想，你要在天黑以前、天黑以后，乃至明天和后天，不停地挖掘。你顾不上父母和妻儿，也不顾生死，甚至无人能够制止你。你是一个战士，你有责任，有使命，你必须让湘江和漓江连接起来，让长江和珠江水系连接起来，你必须在船只到来以前，看到秦王的利剑直指苍穹。

湘江的水流可以作证，漓江的水流可以作证，一个开挖运河的人，累死在工地上。那是我的兄长，在几万个兄长中，死亡最快的一个。在他倒地的那一刻，黄河正在漠北疏散着冰凌，而推向南方的凉风被一场大雨阻止，黑漆漆的云彩降下了来自北方的征尘。那时我是一个铸剑师，看见炉火中的利剑已经通红，甚至超过了血色，肉体在锋芒下变软，而壮士却渐渐僵硬。兄长啊，我带给你的口信经过辗转，是否在风中散开，失去了热度和声音？你是否听见过晚霞中大雁的悲鸣？我不能告诉你，家乡的泥土埋下了谁，我不能从火中取出灰烬。兄长啊，我不能让你分心，我知道你在挖渠，你是战争的一个节点。

如今，我随着时光南下，来到了2011年，看见灵渠的水流不舍昼夜，帝国已经退到远方；而时间是透明的，我依稀看见历史的宽大背景中，有一群人在转身，其中一个就是你。除了你，还有谁用泥土的身体，用风的呼吸，用听不清的话语，向我倾吐两千多年的思念和化石般的心事？我认出了你，你就是我的兄长，你就是当年拍打我肩膀，然后大步而去永不回头的那个人。如今，你的血液已经成为一股活水，在族人的体内流淌；你的脸和名字在不断地变幻，你已经不是你，而是一群人。是的，当一群人在我的身边散开，我看见了你的身世，像水上的波纹，在一圈圈扩展。现在我必须握住你的手，才能抓住流逝的时间。我必须喊出你的名字，才能在历史中听到遥远的回音。我推开一代又一代人，快步走过去，我接近了你，我快要抱住你的腰了，而你却悄然隐退，像一缕风，融化在空气中。

灵渠的水，在静静地流。也许是古人在隐退，

大解作品

也许是我在不停地脱身和来临，一路上，我所见到的物象都在时间里幻化和沉积，成为深远的背景。我的兄长，身影已经模糊，姓名也消失了，周围的景物也更替了，但他的气息依然存在。他没有退出历史，他隐藏在属于自己的时空里，永远是一个血性不灭的人。通过他，我依稀看见当年的一幕：六十里灵渠，几万人在同时开挖，其中一个转过了他的脸，他，就是我要找的人。

我似乎在火车站见过他。我似乎在桂林的商场里见过他。我似乎在三峡大坝上见过他。我敢肯定我见过他无数次了，每一次他都变幻面容，但我还是认出了他。他挖过灵渠。他死过。他活过。他的后人不计其数。我确信我找到了他的族谱，和他的基因。我同时确信，在灵渠，我看见了人的灵魂。

原载于《星星·散文诗》2019 年第 11 期

蔓蔓紫藤萝（二章）

清唱的部分

姐姐，这一串一串的小精灵，挤在小小巧巧的方圆之内，张开小羊羔般的眼神，欲连接天空与大地。

身上的颗粒，隐去比喻和颜色，花开时是多么美啊，不分高贵与平凡。

这园中耀眼的紫，温润着我们的视线，而我们渴望的声音也晶莹如玉，从瞳孔中，婷婷而开。漫天垂下来的花骨朵，随风摇曳，犹如一群害羞的少女在巧手盛装，梳理如丝如瀑的秀发。

姐姐，漫步廊下，我们紧握春天的请柬，聆听美妙的梵音，落笔经卷。彼此温暖着，将身心融于一种寓意。不远处的紫色、白色、粉色，千朵万姿，正新鲜而出。褐色枝干也顺着木栈道盘旋蜿蜒，衬得紫藤花珠帘般灵动。

四月，增添了一抹明亮的唱法。

蝶小妖作品

蔓蔓紫藤萝

姐姐，我们归来，弹拨春天、乐器和宋词。

这些我们年少时就备好的情节，此时一寸一寸从眼内，抽出线头，理出思绪。

向春天袒露心声、水声，以及自然之声，抽出新枝和花朵。

如同风中的一个个蜜果，溢满甘甜的清露。当我们的足迹在城市拐弯，拐向这个清澈的小园，褪去尘埃和修饰——

姐姐看见了么？两双秋水般的眼睛为春风所洗。我们一不留神，已荡漾在花海。把千百个念想雕琢成彼此的模样，目光满含慈意。

后来的一个早晨，我们唱和的诗词明媚在时间的轨道上。时光如初，亲情如初，把所有的不愉快慢慢烘干，慢慢，成为一个执着，伸展到藤枝上。

慢慢，垂下透亮的骨朵，蔓延。抬头，满园，一望无际的紫。

原载于《扬子江诗刊》2019 年第 2 期

更深的雨夜（外一章）

我还想让自己躲藏得更深。在深夜，在雨里。

在那些灯火捕捉不到的，孤独角落。

雨夜的深处，我想把自己变得更灰暗，更喑哑些。

光怪陆离的现实，在雨中已经融为一体。那些欲言又止的窗棂，还在梦中对号入座。

此时，你无须知道我身处何地。淅沥的雨夜，一条路已经变成仅有的船只，等待泅渡远去的歌声。

当尘埃逐渐成为所有往事的外衣，我渴望一场暴雨的莅临。我期待，这个绵长的雨季，我在你的心里，至今下落不明。

夜深了，细雨还在纠缠我的灵魂。它柔软的手指，叫我战栗。它湿润的发丝，令我伤心。我想抱住雨中的一棵大树，顺势流下不为人知的热泪。

更深的雨夜，麦田和楼群比肩拔节，灯火与星辰联袂私奔。

在返回命运的路上，我由此而窃喜，也因它而失语。

春风一遍遍吹来，谁的长发在飘？谁的歌声在飞？谁的诗情在飞？

水天花月影

才下眉头，却上心头。眉州的水，是诗，还是酒？

水，被一面面宋词的镜子收走，把夜晚照得灿若白昼。

水照出历史的纵深、山岳的纹理，照出时间的风中马、云中车。

时间被流水怀念、追逐，又被它一一带走。

水留下记忆的亭台楼阁，留下往事的金银铜铁。水留下火，留下的喑哑平仄，至今令我忘情失忆。

花在风里，在湖中，用辉煌的面积拥抱天空。花迷水的沉静，水恋花的妖媚。花在窗外，在月下，渐渐显露出季节的真容。花簇拥水，让无风无月的水，更加楚楚动人。于发髻，于耳畔，于指间，于瓶中。

花在尘世的啜饮和响动，就是人情风物的光泽和心情。

花与花朵朵相连，成为另一片珠光宝气。人间的尘埃与纷攘，如天上星斗、水上风浪，任由花蕊翻新、水流做旧。

明月在胸，颜不争锋。出水的花容玉肌，本就是月的美梦。时间之舟在湖中起伏，如月悬至五更。除却昨日的长卷和今夜的口琴，谁是被水留宿的客人？

一群人走过历史的洞桥与廊柱，衣袂和呼吸拂动花丛。一轮明月镀亮的高冈，能听见轻舟划向梦里的水声。

多情的亭榭外，那水中的静荷，也许只是千年后一尊石像的映衬。历史的苍穹里，又有谁能够成为不凋的风景！

青衣西走，岷水北流。在眉州，我泛身于水天花月，往返于一阕词中，醉了，也许就能看到：东坡握卷船头、把酒问天的情景。

彼时恰有歌曰：宋词开满荷池，抱月以度此生。

是潮湿角落里石阶上的青苔，是墙头上探出的花枝，是马路上变幻的红绿灯，是夜晚天上的星光。

三个人夜走皖南

方文竹作品

腾起漫天云烟。落日，虎视眈眈，欲将人间的一切吞没。此刻，留下三个人，三粒小黑点，移行于皖南之夜的腹中。

一位是我的大伯，走在前面，却不时地回头看着我，沟沟壑壑装于他的心中。一路上，他沉默地计算着什么；不时抬头一望，明月是一只亮饼，高悬着。

一位是我那个大城市打工返城的侄子，脚步正急（大伯和我赶不上）。小桥流水俏美。春天的高领衫，敞开着蓝调心情。

短信刚刚发完。远处一列火车的轰鸣传来，他说，这多像公鸡夜叫。

一会儿，大伯和侄子争起来了，生活的勺子越搅越浑。

山阴道上，一只夜鸟，恶狠狠地飞出了草丛，叫声像硬币抛下，扰乱了月光的旋律。

夹在两个白昼之间，灵魂开始逃离，美丽的野菊花一样星散。

我在一地的月色里，暗修栈道。

原载于《星星·散文诗》2019年第4期

怀素，草书天下称独步

行至笔尖，我想说的，就在下一秒。

胸怀苍远。柔与刚劲，狂与奔放，一张宣，盛开。

但我还是相信了，怀素临风而立。挥毫的声势早已铺垫好远与近、疏与密。我也听到了，一笔落下，半生就过去了。

出神入化，多么不可思议。一笔一画，定是骨肉相连。关于精神，关于生命……

狼毫的醉与非醉，禅修苦寒。

纸张的太极，时而紧张，时而疼痛得厉害。而墨在咆哮，从自己的内部获得力量。而我，也想独行天下。

万里求师，经衡阳，客潭州。

下一场月光雪，像一个醉僧的一生，怎一个"悟"字。

种蕉练字，秃笔成堆，看公孙大娘剑舞，以狂继癫。这一生喊醒了舌头，这一生狂笔自通天，这一生精瘦的手指在纸上端出力学。《自叙帖》《苦笋帖》《圣母帖》《论书帖》……

从骤雨旋风转到古雅平淡，我却未识得苍劲浑朴。

经禅，好书。怀素，醒来的清秀之神。一纸白，鸟雀送来叫声，一场风从远方吹来。

你听见纸的涛声，我也听见了。

你看见了明月纷纷倾下雪粒，我也看见了。

你彻夜的诵经声，你薄亮的一生就安放下我的想象。水墨研开，某一滴中找到了前世的我。

写过一杯浊酒。起笔和收笔，带着自己的奇兵。

流星、火焰。迷阵的字，破了千军万马。凛冽刀剑藏在柔软的心里，出鞘的那一刻，我在江南。

所向披靡，我在江南。

汉字，高傲成群，不羁列队。怀素，你日复一日地练习驾驭闪电。狂澜间，你独得先机。

这些解了绳索的汉字啊，翩翩如真仙，凌空而起。

得命运妙理，盖世无双。

原载于《星星·散文诗》2019 年第 3 期

生命书（节选）

1

我不是阿多尼斯。我不会在晴朗的夏夜，对照着我的掌纹，解读星辰。

我的身体，比铁还冷。一个人的时候，我会粗心地想起看天。看倾斜在头顶，灰了云朵，也灰了风的天空里，有没有我丢下的一些冰冷的声音。我怕它，从飞鸟伤感的翅膀上，碰下神的眼泪。

我的掌纹，也只有母亲似懂非懂地看过。

应该是夏夜，是繁星似锦的夏夜。从多年孤独中醒来，注视着怀抱里的我，突然想起看看我的掌纹。但没有人告诉她：

一个人的山河，不一定攥在自己手里。

因此，我想告诉阿多尼斯，我不用这样。我的母亲，早在乡村的夏夜，读过我。

3

从大地的深处，疼痛地跃出，我是你的儿子。

在你的身体里，我的心脏，发出铁一样的声音跳动。一颗种子，因基因的善良，让大地安定。我的四肢，一片碰响风的铁树，我的眉毛，那弯最初像镰刀，割疼你的新月。

等我跃出大地，等我睁开眼睛，等我看见一位女人生育过后的形体，我的心脏像子弹一样，带出我的内疚。

大地无边。大地之上，苦难再多，我也一定为你艰苦地长大。

而我，带着你的疼痛跃出的那天，端午刚过。

4

因此，当飞鸟用云彩擦亮天空的时候，我只有泪水。而昨夜风硬，我湿冷地张开的手，翻遍虚弱，且晃动的天空，也难看见大雁用羽毛，传下来的书信。

一片藏在我姓氏里的云朵，不管如何变换怀念的姿势，都铁一样坚硬。

而我能献出的，也只有泪水，或被泪水打湿的身体。

7

为了我，你支撑一生的病体，一半是泪水，一半是火焰。

从你的身体里，带出来多少铁，我不知道。但你的病体告诉我，我的出生，是在冶炼一个女人藏在身体里的铁。

因此，我的生命，能打出几朵金色的铁花，我都给你。

给你，我的石头一样僵硬的跪姿。几十年后，一个落满大雪的日子，你带着一朵棉花一世的纯白，在我身上留下最后的气息，绵延不绝，天空上升，化成雪蝶，我也上升。

这么些年，我能坚强地应对灾难，是因你在我的身体里，放下太多的铁。

11

我的身体里，有铁。这个世界，因此觉出我很冷峻。

就像那些年，我一个人在庄稼地里走动的时候，最爱响动的玉米叶子，也让迎面吹来的风，悄然窒息。

我少有的冷峻，让一村人看见日子，活在我身上，比死了还要难受。

而那些没有语言，只会低头吃草、抬头劳动的牲口，从我身上获得一个村子，没有的温暖。我的冷峻，在它们清纯得能拒绝所有邪恶的目光里，就是萦绕在庄稼身边，仅有的温暖。

我的身体里，有铁。这些牲口的身体里，同样有铁。

15

我的身体里，有铁。

有抚摸着，能在血的温度里碰见骨骼的铁。

耿翔作品

我的生命，很早就丢在马坊的一面土坡上。如果有神，一定会收留下，陪伴这片山河。我是很好、很慈善的男儿。只是身份，让我很早就成了它的背叛者，让我至死，暗藏很多忧伤。

对于马坊，我的爱与恨，就像连天的大地，至死也走不到尽头。

那位怀抱贫穷，生下我的女人，万物的容颜里，你的影子绝对是神给的。让我回来，让我把你，从万物之中寻找出来。

我的身体里，有铁。

有抚摸着，能够斩钉截铁地帮我回到马坊的铁。

原载于《星星·散文诗》2019 年第 5 期

荒原无语（外一章）

八百里荒原，坦荡其胸，赤露其肤。

沐浴阳光，承受冰雪。来吧来吧，无论多么酷烈的风雨雷电。

荒原无语，她只默默地厮守，从来不喋喋不休。

大雷雨，瓢泼一般倾倒。大颗粒的雨，撒下野性的种子，在荒原。

荒原之野，树和草，虫和兽，泥土与石头，硬邦邦的胸脯——野性的男子汉，恪守着庄严的沉默。

山脉、草地、河流；蜿蜒、折叠、弯曲：弯度延伸，浩浩荡荡又模模糊糊。

荒原之野，遍地荆棘颤悠悠地为她缔造了一顶带刺的王冠。

草，漫山遍野的草，起伏跌宕的草，野火烧不尽的草，烧出了一种狂热的弥漫，分外繁茂。

男子汉，男子汉的红胡髭、绿胡髭。

耿林莽作品

红，红成一道霞彩。

绿，绿城一片水波。

黄昏是一杯浑浊的酒，灌醉了荒原。

冷雾飘摇，月色迷离，编织成朦朦胧胧梦的影子，在荒原的上空盘旋。

每一片竹叶做着不同颜色的梦。

红色梦是旗帜的飘扬，或是血流成河；

蓝色的梦是荒诞的；

黑色的梦便有些恐怖。

一朵小黄花，梦见白蝴蝶在她的花瓣上停泊。

蝶恋花！这便是一个"黄色"的梦了。

树和草，虫和兽，各自做着不同样式的梦，千姿百色，各随其愿。

荒原呢？

荒原无语，她只默默地厮守，从来不喋喋不休。

荒原无语。

无语也风流。

海，蓝着

诗人痖弦说："海，蓝给她自己看。"

海，蓝着，
蓝着一种莫测高深的沉默；
海，蓝着，
蓝得有一点高贵，一点庄严。

风暴来袭的时候，她掀起了狂浪万千，一时间，
天昏地暗。

人被卷走了，陈尸海滩。船只们纷纷倾覆，桅
杆被折断。

轰轰然然一场厮杀过后，她却像无事人似的，
依然故我地，蓝着。

蓝得有一点阴暗。

然后是月光，月光温柔，伸过来抚摸的手掌。
看不见她的指尖在抖动，弹拨着海之波弧形的弦。

青色的键，白色的键，浪花的跃动细碎而微，不知道是吟唱还是在哭泣？

一曲终了，万籁俱寂。月光下的大海，依然故我地蓝着。

蓝得有一点寂寞、几分凄凉。

原载于《星星·散文诗》2019 年第 1 期

木炭吟

也曾入春而枝青叶绿，也曾入夏而叶茂枝繁。一阵刀削斧砍后，一通闷火焚烧罢，遂入秋而黑。

黑得——

像漆，像凝固的痛感。

冬天是必定要来的。入冬有雪，白且冷，就需要雪中送炭了。

那么不经意地被竹筐装着，被肩膀挑着，冷冷地在路上走。不时能听到一两声嘎嘎的响，仿佛骨头在响，仿佛前世今生两辈子的感慨在响。

走下了山，走出了村口。

前面，有火塘在等，有灶在等，有期盼在等，等着这从外到里透彻的黑，等着这憋足了能量的温暖。

终于，这一根根黑色的脉管，架起来了，点起来了，燃起来了。

这燃烧过的身体，重又燃烧！

这死过一次的命，又一次经历生与死！

黑而红，红而灰，灰而白，白而无……

原载于《星星·散文诗》2019 年第 8 期

买烟记

我终于找到了心肺黢黑、衰弱、一息尚存的原因。

它们就像一根根抽完的时间，燃烧灵感和灰烬，抽干了骨头和血。

如此难支地咳嗽，寸步难行。

纵然时光高举枪口，一步步抵身，这身空荡荡的皮囊，也从口腔吞进了火，

吞进了人生中不属于自己的命运。

现在，该还回去了，不管是用汗水挣来的功名，还是用心换取的财富，统统在一包药里。

所爱的，远远地站在一边束手无策。

所恨的，幸灾乐祸地对着你发出胜利的怪笑。

但是，世上还不乏冒名的僭越者、拙劣的效颦者，及赖沽名钓誉为生的小丑。

他们总在会议厅、谈判桌上、酒席上……不停地给你递烟。

让你上瘾，又不停地失去圣杯，失去治人治己的尚方宝剑。

熏乱这个世界的秩序，迷离从人类脐带分泌而来的那一滴干净的血，所豢养的气魄和胆量。

原载于《星星·散文诗》2019年第8期

郭毅作品

【 H-N 】

嗅觉（二章）

野百合撑开石缝，争夺阳光

室内飘香的花，并不一定是盆景。
户外，风野，雨也野。

野百合生长在丘陵低矮的灌木丛，撑开石缝，
争夺阳光。
所有回忆，都盛开在异乡的温室里。

植物书上说，野百合的茎特别发达，在薄弱的
土层中依然能汲取到充足的水分。

一株百合可以扩展一平方米的浪漫，所以，情感，
在陡坡上也能牢牢地深入生命的根。

皇泯作品

鲜嫩的美味，止不住的馋

在北戴河，闻到了海。

海，有刺鼻的腥味，但又禁不住海鲜的诱惑。

掰开蛤蜊和扇贝，掰开虾和蟹，鲜嫩的美味，止不住地馋。

大风大浪里搏击，生命，会呛成咸涩的水，不小心触礁，会折断桨、颠覆船。

浪漫的试足，是刻在沙滩上的誓言，再坚贞也会成为泡沫……

在南方之南，又闻到海了。

春汛开始，甜蜜的回味中，北戴河却找不到北。

原载于《星星·散文诗》2019年第2期

生命在爱中美丽（二章）

你的眼睛

你的眼睛，是一片深海，涌动着悠远的涛声。

太平洋的浪花，拍打你金色的海岸；沱江的碧波，鼓满你飘香的人生。

你的眼睛，照亮一片阳光地带，花香、鸟语、蝶舞、蝉鸣……一只青鸟衔着你童年的梦，飞出阳春三月，飞过碧水蓝天。

你凝目远望，怀中的香扇，如倦鸟归来，敛着疲惫的翅膀，缱绻万种风情，心潮澎湃。

你的阳光地带，有灿烂的黎明，也有风雨的黄昏；有芬芳的草原，也有泥泞的沼泽。扑朔迷离，写满你生命的每个季节。

你的眼睛，点燃了人间的爱，美丽、智慧、多情。

我曾说过：金钱并不重要，地位并不重要，生命并不重要，只要有你的眼睛……

草原晨景

　　白色的毡房，像朵朵蘑菇在草丛中开放。两个年轻的蒙古族少女在草地盘腿而坐。一个吹笛子，一个煮奶茶。悠扬的笛声，把草原从梦中唤醒，奶茶的甜香，煮浓了牧民的早晨。

　　远处，一个遛马的姑娘，扬鞭在芳草中奔驰，两条小辫在晨光中一闪一闪，像一对飞向太阳的翅膀。

　　遛马的姑娘，舞着鞭子，挥洒辽阔的瑰丽，像一道白光朝天边闪去，在浩瀚的草原，撞击出颂歌的恢宏。

　　瞬间，草原花朵，伸出千万只缤纷的小手，将白马和姑娘举起来，抛向苍茫的天宇，腾空的马蹄勾出一轮鲜红的朝阳。

原载于《星星·散文诗》2019年第1期

海梦作品

海的隐喻

一列轻轨，带走了一些情节。

折叠好府绸裙子香奈尔衬衣、泳装、书和笔记本，还有吸饱阳光的草帽。

然后是拉杆箱……那天早晨，下了一场小雨，地面上有亮晶晶的水洼。

整个夏天都在晒，礁石一样的滩头老人突然开口：你要走？

你抬头望了望天空，乌云密布且随风涌动。

一列轻轨带走了夏日的喧嚷，站台空空荡荡。

那些海边的石头房子，每条缝隙都嵌有潮音的回响。

傍晚的生啤酒澄碧而寒凉，与烤牡蛎的腥甜组合成海岸风情。

雾气徐徐袭来，灼热的喘息一样呵护肌肤的温度，令心跳难以抑制地移动，向某个部位移动。

轻轨停顿片刻后，又匆匆驶出，站台复归寂静。

孤独像暗礁潜伏在水下，今晨突然醒来。

韩嘉川作品

是什么让你用无忧无虑的青春，置换墙角潮湿的忧伤。

谎言堆砌的黎明，暴露了没熄灭的街灯，跨海的桥面空空荡荡。

归宿。不规则的木桩让归宿的码头，排列出一派荒凉。

轻轨列车驶过，雨滴坠落的行程在缩短。

言情小说喂养的日常生活随风翻页，旋即闭合。

鸥鸟追着海浪捕猎，时常站在木桩上，分辨可疑的漩涡。

晴朗的繁星下，潮水轻歌曼舞；草叶缀饰露珠的凄婉，归宿。

早晨醒来的满心疑问，蝼蚁一样噬咬豢养的痛楚。

轻轨开出了，站台复归静寂。

台阶湿漉漉的。

原载于《诗潮》2019 年第 12 期

枉山书简·沅水

水面上的光，就是眼睛里的光、心尖上的光。善卷临水而坐，烟波浩渺中，上游的桃花顺水而来，善卷听见了花瓣轻擦水面的声音，仿佛是琴音。他安静地闭上了眼睛，他要做这抚琴者的知音。一天，两天……时光，风一样经过了他的草堂。影子从左边移到右边，鱼竿始终在身旁沉默着，善卷知道，鱼就在花瓣的中间游弋着。月亮看见善卷，月亮悄悄地蹲在一根树枝上，叶子晃动着，除了水流的声音，世上好像再没有任何的声音。善卷知道，星星也在漂流的桃花中间停止了行走。

沅水漫长，垂钓的日子漫长。有竹筏漂来，渔歌漫长。善卷忘记了漫长的尺度，他只懂得每一个瞬间，花开的瞬间，叶落的瞬间，他睁开眼睛的瞬间。钓鱼？鱼翔浅底，该多好。竹生林间，该多好。一个人立于宇宙之间，冬衣皮毛，夏衣葛绤，春耕种，秋收敛，逍遥于天地之间，而心意自得，该多好！没有人知道，善卷只是在喂鱼，将体内的爱，一点一点喂食给它们。他喜欢看鱼们优哉游哉的样子，他喜欢用一颗心钓到的鱼群，在身体里游来游去的快感。一块青石已被他坐暖了，坐光滑了，他觉得，那石头已经是他身体的一部分了。

沅水流淌，那是一条江的命运。

善卷看着它，每一日都仿佛前一日的回放或重播。

橙黄橘绿的时节，他在林中一边击鼓，一边唱歌，背着竹筐的农夫环坐四周，他望着不远处枉水、沅水交汇的水花唱，农夫们常常忘了日影的倾斜。他唱，风吹断了竹木，却吹不断流水。他唱，人皆劈木为柴，树木无怨色，是为了火焰。农夫们听着，都流动起来，都燃烧起来，风从江面吹来，弥漫着水草的幽香。

原载于《星星·散文诗》2019 年第 1 期

春的序曲（外二章）

一声声口哨在原上飞，枝头蓦然盛开。

小羊羔落生在草原的襁褓，白云飘落在兴安之巅。

刺眼的白雪，抱着一地阳光假寐，时令转暖。

鹤鸣湖、三永湖、黎明湖、邂逅湖、万宝湖、连环湖……百湖荡起波纹。麦田里的稻草人，又穿上新衣，换了容颜，迎着大片鸟鸣。

一盏盏梨花，憋不住浪漫，七上八下的心情，像一群飘荡在广场上空的风筝。

让额尔古纳河边的风说吧，让松花江里行进的游船唱吧，让威虎山的达子香红吧。农谚里飞翔的燕子，举高眺望的目光；广场舞的节拍，在霓虹里舒展。

这里是北方，一场春天的序曲，正在彩排。

到乡间走走

我们顺着干草的味道、狗吠突起的村庄和诗歌的远方，赶往春天。

冰河解冻，迫不及地待拱破冬寒；北风返青，大田的孕期已经足月。

羊水露头，一千只羊羔临盆。一声、两声、三声……咩叫起伏，成为草原抒情的长调。

喜鹊登枝，叽叽喳喳，把报春的嗓门提高。

鱼汛在打鱼人织补的网上泄露；开江的鲜嫩，一直是城里餐馆的头牌。

我也想把春光拢在身旁，把日子的芳菲收藏。

那就让暖风拂发而过，让阳光照进肌肤，让青草叫醒月光。

挂在枝头的鸟鸣

杜尔伯特的草原，大到无边。一声接一声的咩叫，就像曲调连绵，道出内心缱绻。

羊肠小路瘦瘦地逶迤，夹道摇摆的苜蓿草，是春天的一层护肤霜。那个牧羊的小姑娘，羊角辫上停留的蝴蝶，振翅欲飞。

四野草潮，蓦然合围，骑手纵马驰骋，那匹刚出生的小马驹，抖动尾风，打着粉红色的响鼻。

看呀，草在大地的幕布上，穿针引线；一朵云，贴在天上。我留在湖边的心绪，波涛乍起。

风从十里之外吹来，淹没了眼睛，月色痴痴地奔走，好像把时光甩在了身后。

从唐诗中游来的那群鸭子，还在试探水的冷暖。去年的紫燕，又衔来一小片江南的氤氲。

我的屋檐，露水滴落，像一声声鸟鸣，悬挂在春的枝头。

原载于《人民日报》2019 年 3 月 18 日

叙事

你还认识你自己吗?

还能辨认周围浑浊不堪的是非吗?

事与愿违,在尘世行走,有时无须为自己辩解什么。

陈旧的夜依然漫长。趁着困意,我赶紧问自己,直到疲倦,问出藏在心里的隐秘花语,那些生活时光,我装下自己狭隘的胸怀,用想象力绽放出花朵——丁香、紫荆、紫薇……

我为自己辩解,用一滴水锁住午后的阳光。

银杏纷飞,残荷安静,我认出季节,还能认出没有掌声的自己。

哪有人会喜欢孤独,我沿着暗夜灯下白色田字格缓缓前行。

原载于《星星·散文诗》2019 年第 3 期

黄成玉作品

大宋（节选）

1

画卷上的汴河，涟漪闪亮。

东京开封。

或者叫：仪邑、大梁、浚仪、梁州、汴州、汴梁。
字与词的青藤，生着叶子，沿着城摞城，一直向上，
长势旺盛。

无数耳朵，听令、奉诏。

我携带一身耳朵，前来听水。通关文牒已经过期，
不变的籍贯，是时空唯一的穿越者。

进入《诗经》的园子，采摘唐诗的花、宋词的果。
细小的火焰，从每一个枝杈涌出。箫声哽咽，寒蝉
凄切；江山依旧，朝纲更迭。谁才是天地秘密的知
晓者？

铁塔、城堞、石舫，三足铜鼎。

忽冷忽热的朝纲，商铺似的国家，摊贩般的皇帝。
一个极简主义与社稷的交流。

黄恩鹏作品

时间的卷帘门哗啦一声过去了 1100 年。

山河逶迤，春秋七千。繁塔之上，佛陀八万。
盛大的慈悲，呼吸阳光和雪霜。

4

藏盐的身体里有两匹马不停奔跑，一匹叫北宋，
一匹叫南宋。

合在一起叫：大宋。

君王在上，庶民在下。居住太阳背面的人劫后
余生。

秋深了。我在汴水之畔看见大片酢浆草，它们
随众草一起匍匐。它们活得柔弱、低微，死得容易、
简单。

靖康之耻，悲愤难抑《满江红》。

头颅硕大、阔脸浓须的中原人，总能将命运与
国家相连。庙堂或泥涂，命定的际遇，是一种由来
已久的忧伤。

带刀的侠客。抱布求婚的人。撑船的汉子。对月梳妆的女儿。梧桐与杨柳。鸳鸯与凤凰。春与秋。因与果。才子佳人，歌里梦里，苏词般豪放，柳词般缠绵。

汴水之畔，开满梨花的宅院，谁将繁盛留住? 谁将虎狼逐出中原?

金鼎铁镬，压迫河流。奔跑不歇的桑梓和族谱，一次一次，将山一样的宫殿拉低。

11

古城以西孙李唐村。

小得不能再小的蜗居，是唐后主李煜命定的最后一个剧场。

高墙下纤细的、依附竹栅攀缘的茑萝，像一个落难的隐喻。

"问君能有几多愁，恰似一江春水向东流。"

石碑低矮，灵魂忐忑。

身着布衣的违命侯，不敢抬头看看朱颜已改的雕梁玉砌。不敢遥望本该属于他的宫阙亭台。不敢高吟罗衾不耐五更寒。

忍气吞声的皇帝，诗词精湛的诗人，中原菊花黄，汴梁菊花香，不能蓄养他的精神。

不为剑生，只为墨亡。

曾经是拥有江山社稷的君王，如今是噤若寒蝉的荒村草民。

忽听街对面店铺播放许巍的《故乡》，"这是什么地方，依然是如此的荒凉？那无尽的旅程，如此漫长……"

原载于《草堂》2019 年第 4 期

种植者（二章）

我在等待雪山温暖的春天

天空很白，世界所有的秘密都藏在雪山的肌肤里；飞鸟寻找它的孩子，绵羊高悬的锁骨，正放牧白云和远方。

雪花由远至近，它的碎片重回到我的手里，美好的事物总能覆盖更高更险的地方，并在时光流转之处析出晶体，而我们心灵的顽疾，至今无法疗愈。

我在等待雪山温暖的春天，在白色雾霭慢慢退却的高山上，蹲着，听北风掀开雪慢，看鸟紧攥的爪子渐渐松开。

命运和死亡，会使我们变暖。

秋花香

时间能够包容的都孕育了果核，山中湖水，泛起波澜，开在湖边的花，树叶还绿着，一切被黑暗提取的事物都有让人生疼的曲子。

我从容而饱经沧桑的母亲，从一丛秋天开放的花前经过，一个像秋花般苍劲的女人隐藏了火苗。

高高的秋天啊！

母亲手中举起的枯枝，曾有无数的花香漫过人类的孤寂。

是时间的鞭梢抽开了她的身板，饱满的秋意，秋花香，被搬动的泥土。

原载于《散文诗》2019年第8期

立场（组章）

立场

湖水结冰后，一只猫跑到了湖的中央。

当波浪变成固态，水的自由接力给我眼前的这只猫。

我知道猫只是为生活奔波，它多走几步，想收获鱼或虾。

被冰层保护的猎物和冰上面的狩猎者，我应该为谁祝福？

寒冷的环境下，我竖起衣领，观察着落叶后的树干。我想得到像树干那样站立的启示。

谁在客观地注视我？

怎样判断冰和生活的关系？这与立场有关。

我的善意究竟给予猫还是冰下面的鱼虾？这两者的区别是否有意义？

至于我自己，我没有去怀念一棵树的叶和叶间的花，树干挺直在冬天。

我挺直在树的身边，如果说坚强，是我还是树？

立场高悬于天，还是早被深埋于地下？

冬夜，需要多走几步

北风裁剪着夜色，习惯子夜散步的我，感受到冬天不大不小，似乎非常合身。

多走几步，身子就会暖起来。

绝不被动地静止。

生命的体温在北方的寒冷中依然有效。

那些不冷的事，我一件一件地想；那些温暖的面孔，我一一重温。尽管风在树枝的琴弦上拉响尖厉，我想告诉所有人，我心率正常，没有恐惧和颤抖。

在黑暗的内部，心要主动地坚硬？

而且，要一点一点地前行。待我回到温暖的书房，我将把这次冬夜的散步总结成一条人性的隧道。

是啊，只要多走几步，寒冷就会在外面。

只要自己的身体没有因冷而僵硬，生命的通道就会长过冬天的黑暗。

捕蛇者说
——致柳宗元

蛇有毒。

蛇的毒可以入药。于是，它锋利的牙齿和牙齿的后果被忽视。

捕！

那个千年前写下《捕蛇者说》的人，也曾独钓寒江雪。多年后的今天，我一边阅读，一边默默流泪。

往事依旧，剧情的表象下，人们必须学会捕蛇。

高唱赞歌的人技艺高超，他们釜底抽薪，等待沸腾的水在釜中委屈。

我们一起捕蛇吧。蓑笠翁隐忍着对土地的热爱，他离开可能茁壮成长的庄稼，让舟自横在被雪封住口的河面上。

他勇敢地走向蛇群，蛇有毒啊！

因为世间存在着比蛇更毒的，所以，生活必须认真对待。

等我擦干泪水，我发现自己已从柳宗元的读者，恍惚成他的近邻。

诘问

湖面结冰了。

湖水的态度开始坚硬，谁还在回忆它曾经碧波荡漾的柔软？

季节变化，人生无常，柔软了多时的湖水不再呢喃。

冰面上，灰尘和落叶让湖水蒙垢而活。

往事充满着波浪的弹性，野鸭凫水，我记得它最初的抒情。

那时的一切仿佛我的青春。

如今，我表情古板。湖水结冰后，我的生活将越来越现实。

夕阳倒映的模样不再是光芒的蜿蜒前行，冰面上的阳光仿佛发出脆裂的声音。

这个冬天，我要开始现实。

最后的柿子留在枝头，乌鸦或者喜鹊，谁是柿子的主人？

在冰的边上，难道我从此真的只能心硬如铁？

原载于《星星·散文诗》2019 年第 7 期

老风作品

洒落一身的阳光（节选）

一

黎光作品

麦浪吹风，刮伤虫鸣。

低头弯腰的人，汗珠亲近土地，风干的布衫有碱土泛白的味道。

阳光凛冽。

鸟群掠过麦垛和杨树的阴影。低头弯腰的人，他们虔诚、安详，镰刀上祈祷丰年蜿蜒，岁月掀起他们皱纹里的伤。

黑血，仿佛一队逃难的蚂蚁用魂灵抱紧麦芒。

暖壶里装有凉气，深井里的水放了糖精。

日子和汗水，经过勾兑就会变甜，就是那些低头弯腰的人，最想要的装满卷烟的舒心，鞋底拍打鞋底溅起的满足，淡蓝色的烟圈，牙白色的笑。

土块一样结实的人，用手背擦去脸上乌云的眼泪。抓起刀柄，远处的麦田是他的疆场。

四

月光铺路。白天刨开的坑，晚间自动修平，就像伤口，上不上药都会愈合。

挂着青草走出麦地的影子，飘忽的双腿多么空虚，时光的尽头是宿命的唤狱。

麦穗儿怀着秋天，喜哥的脸让活着镀亮子嗣。

当女人从药片中起身，冷却的月亮碰倒了水杯的叹息。夜在夜里填空，水在水里卑微、妥协、沉沦。

五

绝望，早就被我用蛙鸣清洗干净。祖先的骨头，在族谱、收获，和庙宇之外蒸腾。

勤劳和善良来自尘土，卑贱淡漠于贫寒，闪电才是镰刀的把柄。而活着，就是让沉默再次拱出地面。

苦难没有化解，麦穗继续沉重。从乌鸦嘴里喊出来的神调，一代代肥沃脚下的黑土地。

天堂没有门槛。

活着的人局促、葱茏。而我，只把痛楚磨了又磨……磨了又磨。

原载于《星星·散文诗》2019 年第 12 期

我的煤矿，我的同事（二章）

采煤机司机老铁

采煤机司机老铁每次下井都会把自己收拾得干干净净，像参加仪式般地郑重、肃穆。

走出人车、穿过风巷、进到上出口，老铁会在煤壁前静默一分钟，与煤开始内心的对话与交流。

然后爬上采煤机，像对待亲兄弟一样亲热地拍拍这个铁家伙，将将它身上的喷水管，牵牵连接它神经中枢的缆线，摸摸连接它身体各个部位的双头螺栓，看看特意为它上下行走定制的行走滑靴……他熟悉这些就像熟悉老婆的身体，他与它们朝夕相处就像与老婆相依为命。

点动采煤机遥控器上的红色按键，看着采煤机头上的滚筒切齿试探着揳入煤壁，看着煤炭簌簌跌落，他如一个高明的指挥家，在天籁一般的音乐里把心，与割煤机同频共振，与煤屑同频共振；让煤，在音乐里快乐地踏上新的生命征程。

李晓波作品

完成一天工作出井的老铁除了眼白以外，全身乌黑，被爱他的老婆戏称为一块"会移动的煤炭"。

矿灯房女工光辉

千米井下，暗黑无垠，矿灯是矿工的眼睛，是矿工与煤心灵交流的纽带与媒介。

矿工与煤的那些山盟海誓，那些相濡以沫，那些你侬我侬的秘密，都在一直旁观、从未离开的矿灯心里。矿灯房女工光辉的老公也是一名矿工，她知道矿灯对于老公的意义，她甚至通过矿灯知道了一些老公深藏内心的秘密。

为了保证老公心里舒坦，保证和老公一样的矿工保持与煤炭的这种亲密联系，她把所有的心思都用在了侍奉矿灯之上。每日一到矿灯房，她会到矿灯栖息的房间挨个给它们擦拭脸上和身上的灰尘，挨个检查它们的神经网络是否存在裸露、短接的现象，挨个为它们梳理整治错乱的搭接和裸露隐患。

她会在一切就绪的闲暇时光静静凝视它们，与它们做心与心、眼神与眼神的交流。她知道，在千米井下，在工作面，自己的老公以及他的矿工兄弟，就是这样在矿灯的帮助下，与煤，不懈地做着交流与共鸣。

　　她强烈地感觉到，通过矿灯，她与老公一起站到了煤对面，一起与煤开始了穿越时空的对话与交流。

　　一起，感受到了煤炽热的内心，与火热的情怀！

　　原载于《星星·散文诗》2019年第10期

永济普救寺

峨眉塬上的风吹了千年，还在吹。吹薄历史沉甸甸的夹页，却没吹走一叶小小的梨花。

一座寺庙，用它浩渺的佛光，普度众生。

一座寺庙，用它的包容，接纳一个纤弱小女子的月光和琴声。

我在纤纤修竹之上，打量，唐朝一个叫元稹的诗人，最初折起的那一枚初恋的红叶。

我在桃花灼灼的春光里，捡拾，元代王实甫丢在时空里那一声响彻云霄的呐喊、绝唱。

其实，对于普救寺，我只是以一种简单的邂逅，便越过它历经七十二磨难的台阶。

只是让梦来了一次千年的飞翔，就让自己跌落进那场融融的月色。

走进，是一种单刀直入的触摸。

在一个叫张生逾墙的豁口处，一曲蒲剧，和正统的历史开了一次不大不小的玩笑。

从此，天下有情人，才终于得以正儿八经地抛头露面。

红娘传简，是一颗少女的心，触痛了另一颗少女的心。

拷红，是历史对历史的问责，也是历史对历史最后的袒护。而一个弱女子卑微的胸口，此时，正燃烧着一股烈火。

这火，一下，就映红一座千年古刹。

仿佛一只美丽的蝴蝶，轻描淡写，风轻云淡，便飞入那爱情的花丛。

而，峨眉塬上的风还在吹。

它要吹散黄河里一簇浪花吗？

它要吹散莺莺塔前那清越的蛙鸣吗？

但一直吹的风，却没有吹散普救寺大钟楼上，一位书生眺望远方和爱情的绵绵思绪。

更没吹散千年之后，曹雪芹笔下那滴晶莹的泪。还有，戴望舒《雨巷》里那滴丁香一样的雨。

短鼻子人的城镇

　　我来到一座短鼻子人生活的无名小镇。所到之处，我遇到的人都长着很短的鼻子。因为鼻子短，所有人的人中线就都显得又宽又长。我尽量克制自己的好奇，不去看那些男男女女的短鼻子。但他们和我谈话时，我还禁不住要去研究他们长而宽的人中线，并联想起车辙、沟渠一类的形状。因为鼻子短，所有的人都在不停地打喷嚏。也因为鼻子短，所有人的嘴唇就显得又大又薄。

　　我看见那些工作的短鼻子人忽然无声而迅速地向着一处汇集，几台挖掘机也无声地快速移了过去。有人举着一面小红旗在喊着号子，人群集体弯腰，再一起直立。因为鼻子短，他们都长着长长的手臂。如此无数回合后，从他们抬起的手臂和挖掘机的长臂上，纠结出一大团巨大的、拖垂在空中到地面的腔肠类的物体。从远处看，那物体被深埋已久，沙土和黏液形成的污水像无数小溪从它的结构中流到地面。在它的中心部位上，有一团有节律的颤动连带到它盘根错节、章鱼脚一样四处蔓延的管状器官。

"那是它的心脏，它的元气"，我忽然意识到，它正在慢慢失去自身的温度和热度。它的冷缺让空气降温，短鼻子人又开始打喷嚏了……

原载于《星星·散文诗》2019年第1期

大地。生命与爱的缱绻……（二章）

大地。生命的辽阔

　　大地。一万重雷霆不可移易的土地，不可压抑、欺凌与毁弃的欢乐呵！此生辽阔。这是我的眠床，我的故乡，我灵魂寄寓千年不朽的高堂……陈仓难度，也要把酒临风，也要遥听那长唳浩天气韵磅礴的白天鹅的吟哦！那是天堂的浪波，来自云中的汪洋。一重又一重无怨的惶惑，与浪风联袂而舞，演奏万顷幻象与畅想。缓缓的节律。缓缓地遍及乡野岁月。缓缓地融贯着先祖们永生传递的遗爱。一如行走在山村泥路上那些无声的躁动，撞击着屹立不倒的巅峰。那是莫测深深的春光，是我的雪中雨中醒着梦里月光粼粼的全部欲望。紫铜色的日子是强旺的。但时而也战栗着，在荆莽丛丛的芒刺上，击打、游走。唯祈天公助我重抖擞，赐以大地敏思多情的浑厚与辽阔。就像雷雨的拼搏，在夜的每一个细节里迸发、耕耘、劳作。我的心，你要学江河之水长流向远方，领我兼程，一路放歌……

在人间。收紧行囊

在人间，人是唯一寂寞的旅者。醉里醒着的旅者。命定收紧行囊，敞开着胸襟，只进入自己的世界。而路总在脚下。停不下的光阴，停不了的故事，停不住的念想。停不住。只有来时。消失了以往。在人间。风不留声，却能去无穷的远方。雨不留痕，只有河流能读懂雨的彷徨。让所有的花朵绽出芬芳的，是五月的流浪。石头里说爱。峰巅上挽月。把树根植入泥土，浓荫蔽空迎逆雀鸟欢鸣的日子，便有更深更切的温暖。在人间，人是寂寞长路上唯一的旅者。寂寞里收紧了行囊。收紧心上的所有。而路在脚下。直达远方。远方，那月白色的云雾轻笼火焰生香的好所在……

原载于《星星·散文诗》2019年第1期

宅之男（组章）

大风起兮

大风起兮，云飞扬。有一朵姓王、一朵姓刘、一朵姓张，反正谁在看云，就有一朵云随他（她）的姓。

云飞来飞去，在室外，尽享户外运动之乐。我呢，则在室内，喝白开水，啃黑面包，枕书，打哈，跷二郎腿，听刀郎，做一个与世隔绝的宅男。

每个周末，我都不看云。暖暖的被子，被我躺成一朵自在的云。

有时会突然因为想到什么，而坐起，或站起，愣愣地面对空气。

室内没有大风。于是电风扇之风起兮，衣袂成波。你会想到吗？一个四十多岁的男人，不知痴痴地想着什么。他的一件破背心，被风吹出持续颤动的波纹。看上去，微微发胖的身体如在沧浪游泳。

游啊游，游一个下午。

刘川作品

出行

今日出行，不带道具，进入人群，携脸而行。

有时出行就不是这样，而是携带月票卡、银行卡、身份证。

有时还要携带合同、契约书。

有时携带管制刀具——不是凶器，而是去帮人削白菜。

最多的时候，携带一张脸。足够了。虽然只是一张普通而平庸的脸，却暗藏这个时代所需要的全部表情。

有朋自远方来

有朋自远方来，不亦乐乎？当然乐。

若是我自己，作为某某的朋友，朝远方的他而去，他亦当乐乎？当然乐。

于是，我动身于黎明、于半夜、于黄昏，于任何时分，朝向远方不同的朋友。

让他们不同时刻，都有一份乐，在心头荡漾而起，他们争相叫嚷：

刘川来了！刘川这厮，终于要到了！

原载于《星星·散文诗》2019年第5期

一场雪在天山深处等我

1

缥缈，浓密，不可穿透，我想借用更美妙的词语。

尽管我坚硬、粗粝，而所谓的柔软，取决于风，从哪个方向吹来。

当所有的碎片都结晶成体，我注定深入，或是坠落。

我想说的是，在世间，爱，多么艰难，索要一半，留下一半。

在这里，我轻易地交出了所有……

真的，面对整个天山，漫长而绵延的寂静，我有足够的耐心等待。

2

冬日的天山，衣袂如霜，所有的缤纷都隐入袖内。

踏着落雪的小径，成为小径的一部分。

直至山顶，你看到旷野辽阔，你成为辽阔的一部分。

你看到盘旋的鹰隼，指向天空的雪峰，犹如白色的火焰，舔着云，成了云的一部分。

而我，注定会成为雪的一部分。

3

黄昏后，蝴蝶收起透明的羽翅，停歇在山峰的肩头。

云海如湖。旷野。灵魂。宿命……

广漠的草场上，草木已经凋敝，牧牛、寒鸦、一匹空着缰绳的马，有我们所不知的忍隐。

占山为王的人，拉开帷幕，在夕阳的灰烬里，虚无成薄雾，弥漫。

原载于《天山时报》2019 年 2 月 23 日

做一棵树

一棵树，挺立在大地上。屹立。

孤独地站立着，默默地，瞭望着。高处不胜风，灵魂坚持着。

从一粒种子，萌芽，抽枝，长成参天大树，是一个艰难的历程。

穿越黑夜和风雨，在大地上成为生命的支点。

一棵树，它不是一个幻想主义者。在大地上，首先扎根，以韧劲深入坚硬的泥土里，延伸，坚定着自己的方向，坚持着牢固的根基。

它的根，粗的，不停地向大地深处拓展，紧紧抓住浑厚的大地，融进大地。那些细细的根，生命的触角，不停扩散，汲取养分和力量，积蓄着足够的信心。

它坚持着高昂的理想。在广阔的原野上，向着天空，不断挺拔，直指天穹。那些向天空伸出的枝叶，旁斜着，是欲飞的翅膀，时刻有着飞翔的愿望。阳光下，一片片叶子翻滚着，闪着亮光，是一只只鸽子振翅，鸣叫。

刘向民作品

一棵树，从大地上站起来是一件艰辛的事情。有风险，有苦难，是生命的一次又一次抗争。

一场大风，使大树弯下身子，摇摆着，枝断叶离，疼痛遍及全身。一道闪电，撕开天空，雷霆击打，触目惊心的悲惨。

只有咬着牙，抱紧沧桑，坚持，保持伟岸，宣扬纯粹的品质。纷繁的枝，无论是直，还是曲，都是风的形状、雨的命运。

一棵树，经受着雪雨冰霜，一些蝼蚁也要侵蚀，在阳光下明目张胆地窃取生命的时光。

其实，一棵树最大的威胁，是那些手执钢锯和利斧的伐木者，冰冷的白光和贪婪的目光，使内心发颤。

我所担心的是，有一天傍晚，一棵树倒下了，挟着黄昏的余光，重重击打着沧桑大地，尘世黯然失色，被抽去了一根肋骨。

原载于《诗潮》2019年第9期

日晷

　　总有一峰雪，析出岩石的皓白。

　　冬天藏身轰然塌方的时间里，用透明的冰，一块睡着的水，分解地表上爬行的长队。

　　看，你移动日晷的手。

　　劳作，养家，茧挂满了老树，可是土地沉默。

　　你守候蚁穴的洞口，整整一个下午。

　　上帝一样思考，留下谜一样的微笑，善，恶，争运粮食的简单根源与结局。

　　春天诱人的雾里，在最后一只蚂蚁的粮仓，你发现自己也是弱小的蚂蚁，摇晃笨重的身躯，忍受同类的践踏与嘲笑。

　　你双手举起，瞬间失去了重力。

原载于《咸阳日报》2019年9月5日

卢静作品

请月儿移步

这是一个蹊跷的夜晚。

气象台发布黄色预警，8~9 级的大风将莅临。

已是夜半。月儿黄澄澄地在中天，宛若成熟的智者。

我凝视它：安静、从容，享受属于它的旷大的夜空。

这是一个智慧的选择——

孕育半个月之久，练就倾听潮涨潮落的本领，此时，它以胜利者的姿态，走出海岸线；

它留念自己翘趄嬉闹的幼年，它热爱自己眉目清秀的少年，它珍惜自己青春蓬勃的青年；

现在哦，它欣赏自己健壮饱满的中年；

与云朵互捉迷藏，它曾经隐身在银河边；

与星星竞猜谜语，它眨啊眨的眼曾弯成一把剑；

后来的人们也曾在井里见过它，也曾在油菜花地听过它歌唱；

甚至，这个调皮的家伙，扑落过树尖尖上的小蜜蜂，还偷听过芍药居里老鼠的对阵；

悬崖，它也是攀爬过的；
峡谷，它也是穿越过的；

大沙漠再凶险，它也抚平过；
大森林再血腥，它也安慰过；

边防要地，它就是一支嘹亮的军号；
也或，它只是战场上的一管横笛；

江南烟雨，雪国北疆。它是窗前吟诗的佳人，它是壮剑啸吟的英雄；

异乡孤地，域外他方。它，也许只是一声叹息、一个祭奠，一句怒发冲冠，一行泪雨潇潇下；

它从未独步天堂，行有止；

它一贯勤勉恪守，习有时；

是一盏明镜，可正衣冠；

是一泓清水，可濯痴念；

言无尽……无穷……它是一切的意，又是一切的象。

大风将至。我请月儿移步。

今夜我无困意，邀尔对坐、对酌，看谁醉卧，看谁梦里舞蹁跹？

原载于《星星·散文诗》2019 年第 8 期

北土街 10 号（外一章）

天很干净。这个世界，也很干净。

此时，北土街10号，风很干净。

一个存储财富的地方，有水，有树，有蝶，捧出一节苍松。

一幅立体图画，那雕塑，在天井里，在往事中，一言不发。

四壁安然。一盏孤灯，无语，若一只鸟，时时在灵魂之中、精神的痛楚之外，侵肌透骨。

历史老人，秉着风烛，正乘画舫，欸乃而来。

北土街10号，是历史，也是一面镜子，

抑或，是《资治通鉴》的题解；再则，一阙宋词的注释，和

后记……

开封府灯火

门，总是开着。

灯，总是亮着。

鼓，总是醒着。

除夕夜，汴梁是花灯的、升斗小民的。所有出游、歌舞，甚至戏谑、小小的拥挤，都属于节日。

历代府尹都在，声音时而兴奋时而平静。

汴河的风，整夜不歇，它吹着焰火。一种梦幻基调，被照亮。

风吹着笑语，每一张脸上，都写着兴奋。

开封府灯火通明，被一种使命和良知的火焰照亮了的寇准、范仲淹、包拯、欧阳修们，星星似的，灯火似的，明亮着。

这个年代，还行。

这些人，还行。

原载于《青岛文学》2019 年第 9 期

在斜卡，万物各得其所（二章）

在三斯沟的寂静里

石头们收起锋芒，斜卡河的水流声便柔软了下来。

风爬到枝头只是呼了一口气，鸟鸣就薄成了一团轻雾。

丛生的草与饥饿的牛密语，毫无保留地袒露一季的深情。

松萝飘摇，在干枯的树枝上替早夭的叶子活着。

花瓣迸裂，成全花蕊与一束光的缘分。

像一滴水落入汪洋的寂然，所有的声音落入三斯沟都长成寂静。

纯粹而广阔无边的寂静啊，被三斯沟用来喂养它的儿女们。

被寂静养大的野鸢尾、金盏花、青冈和云杉啊，都长着盛满寂静的绿眼睛。

在三斯沟，我们停止歌颂天空、大地和雪峰。

寂静在微小的事物里闪闪发光。

洛迦·白玛作品

一场雨身负隐秘的使命

只有灵魂干净，才能更靠近佛。

雨来时，我们正前往一座千年的古刹。

途中有溪，溪上有桥，桥下有石子在水底静默。

为善的白石子呀为恶的黑石子，需要闭眼净心，把一生的黑白数清，然后才有菩萨于雨中显现。

雨落在头顶，雨落在左边，雨落在右边，雨落在身前，雨落在身后。

无处不在的菩萨啊，一眼便把一个人的前生与来世看穿。

无人能隐瞒丝毫。

注：白石子黑石子出自一位高僧的故事。该高僧出家前时时观照自己的起心动念，出现一个善念就放一个白石子，出现一个恶念就放一个黑石子。每天到晚上按石子数量自省，最终修成正果。

原载于《星星·散文诗》2019年第9期

桑梓札记（二章）

又见父母

父亲坐在老家屋内宣讲为人方略、处世原则，反复说道：饿呀！

母亲在灶房里烹煮各种食物，使唤哥哥姐姐们把葱花面、小菜汤、热凉粉、麦粑粑……送到父亲手中。

父亲突然问我他的脸长得像不像一条拉链，我以为父亲疯了，惊惶地看着他肌瘦的脸。

父亲的脸，真的就变成了一条拉链，拉开又合上，仿佛一张开合的嘴巴。

我高声喊：妈，快来，爸爸出事了！

母亲和哥哥姐姐冲进父亲屋里。父亲早已没了呼吸。

你爸不是早就死了吗？母亲对我说。我想起这是在梦中。

父亲十五年前就走了，在他九十五岁生日那天，酒过三巡，父亲就在这张床上，咽下了他最后一口气。我安慰母亲说，走，我们回去。

我陪母亲回到在大河边、半山上的一座三层小楼。母亲身体每况愈下。痛呀，痛呀！母亲不停地呻唤。除了着急，我没别的办法。

母亲要去姐姐家，我送她去了。回来时遇上发大水，一片汪洋。陡涨的洪水漫到了小楼的阶沿，一浪接着一浪过去。

水就只涨这么高了。我不知道母亲是啥时候回来的。这时，她站在我背后，幽幽地说，水就只涨这么高了。

的确，上涨的水，开始平静。这时姐姐打来电话说母亲走了，叫我赶快过去。我赶到家里，母亲已被穿戴停当，等着入殓。我想起母亲已经逝去十三年了。我说起这事，哥哥姐姐一脸茫然。

在梦中，我梦见父母活着，又再次死去。

庄园

用石头和树木堆积的村落，是一群呆笨的鸟，以不倦的无羽的翅膀，煽动太阳的光辉。

这是鸟窠般在风中旋转的庄园。

这里并不盛产粮食，盛产宝石和婴儿的尿布。这是主人们梦想的东西。

在这里，人们可以从垮塌的墙壁、没落的雕像和移植的风水中，听见古老的哭声、月光的脚步。在冬天，人们轻而易举地劈开腐朽的树菟，将坚硬的冰，煮成沸水。

现在的遗产已不能证明过去的荣华。先人们曾在这里建功立业，铭刻泉水的碑文，守护古老的源头。一代又一代，从每个汲水者的手中，接过零碎的功德。

那是炮制和出卖泉水的时代。多余的财物，用在山顶，建造庙宇，让弯曲的膝盖，偶尔获得片刻的休息，让那些不识字的人，记住上天的路标和做人的口令。

从远古到如今，我们跪下，祈求我们并不认得的神，为我们的劳动赐予歌声和收成，并希望我们的孩子先于我们得到神的照顾。这如那些唠叨的老人，希望自己无论在多么晦暗的天气，都能将一根粗糙的纱线，顺利地穿过针眼，钉住翻飞的补丁。

这是鸟窠般在风中旋转的庄园。

几乎没有人惊动他们，扶起他们，任随他们的眼泪流成河，流成伤心的街道。

然而，站着和跪下是绝对不同的两种姿势，注视得太久了，就成了一种负担。聪明的人已经做好打算，他们将在水源更充沛的地方，找一块新的地盘，开始新的交易。

他们依然栖息在自己的梦中，行走在纠结而暧昧的路上，甚至不想伸一伸腰，翻一下身，吐出一口压烂的呼吸。他们听不见身外逃亡的脚步。此时此刻，他们绝对不知道那些曾经接收他们供奉和朝拜的人，又铺开了纸，拿起圆规和角尺，以精确的比例和线条，将他们画进了一份即将签字的交易。

这是鸟窠般在风中旋转的庄园。

也许他们会突然站起身来，拍响翅膀，张开嘴巴，咬破天空！

原载于《星星·散文诗》2019 年第 2 期

荒原

先前，村庄死在这里。我唯一能断定的是无名河的流向，和从未焚烧过的草甸。

河边的一排枯树，在唠叨它的昏鸦。那是醉酒的诗人，干渴之时，落叶落尽怀念，他赶走了心中的飞鸟，得知小桥毁了多年，才说出的谎言。

实际上，他曾借春风，点燃篝火，不明人烟或狼烟，只消一声长鸣，暖意升腾，胸腔多处积怨，便让给山泉，让给逃荒的古人。

我认识他时，他活成一尊石像，周遭是矿山的轰鸣，浓烟刺鼻。规划图上，他是一处景点。当村庄醒来，我的荒原已死去。

原载于《贺州文艺》2019 年冬季号

湖水中的陶罐

一只陶罐在靠近湖岸边的浅水中隐现。一只曾经用来装水的陶罐，现在被水装着。

它有两只被简化的耳朵，或许是太专注于倾听，它的耳蜗不知去了哪里。这让我想起湖面上漩涡的形状。

它到底在倾听什么？仿佛耳朵总是不够长。

我相信湖水的每一次晃动都源于一个秘密，湖水中的陶罐从不透露半点。

它腆着浑圆的肚子，只想着在湖底的淤泥里陷得更深。它装的水不再出现在谁家的灶台上，装它的水也不会因它是一只陶罐，而担心自己会被某一双手提走。

这应该是一只被遗弃的陶罐，因为在某个墙角空置了很久，没有水，就如同没有生命，它就是泥，有形状的泥，被火窑烧制过的泥。当泥归于泥，它的形状还在，它应该感谢火。

它是泥中的骨头，只要你敲打，它仍是一只响当当的陶罐。

我也是一只陶罐，一身的泥味，在年嘉湖畔晃荡着身体里的水。

总有一天我也会回到泥里去，以一只陶罐的方式。

我会保留我的骨头，它们是经过锻打的铁器，只要你敲打，它们的响声里会有湖水的清澈。

当然，还会有一些神秘之物，它们或飘逸如烟云，或凛利如刀锋。迫于一种更大的神秘力量的制约，它们的神秘将不再显现。

原载于《星星·散文诗》2019 年第 4 期

太平洋之说（二章）

醒来，是开在玫瑰上的玫瑰，是在翅膀上歌唱，是装满大海的大海。——埃乌热尼奥·德·安德拉德

阿德莱德的瞳孔

正如女儿说的，阿德莱德机场娇小得像一只精致古老的盒子。盒子里规整静谧，只有藏着远古秩序的回响声裹挟于盒子的四周。沉默的人流涌动着，以倾身、以微笑、以厚重表达着这个城市自身的底蕴。

是什么让我遇见它们？——海蓝色的瞳孔、童话里的别墅、寂静得就要喊出太平洋的小径。是什么破坏了四月底部忧郁的传统？南半球的阳光落在我的肩上时，也落在手心里这两个疑问句中。

此时，这座牵动我多年的城市，将整个清晨献出。我知道，它还将献出更庄严的。它还将，献出它高于天空的全部。

布里斯班的童话

　　城门和云朵都是绣满了蕾丝边的，就连它的体温也是。在这里，每一个行人都是少女，挎着包包里被安徒生的温暖眼神抚摸过的彩色梦境，紧挽自己的白马或黑马王子。天空低得不能再低，似乎一抬手就能够到那澄澈的蔚蓝色。

　　我了解飞鸟的传说。当蕾丝花边镶在了天空的伤口上，那只鸟就成为一枚形容词。这座城堡被我的童话唤醒时，所有的鸟鸣都向我飞奔而来。

　　此刻，我们正试图打开城堡的密码，浑然不知另一束光正与我们擦肩而过。

原载于《星星·散文诗》2019 年第 5 期

凝望凡·高的向日葵

倪俊宇作品

一

这是一个古老的传说。

阿波罗的恋人，狂热地追慕经天纬地的显赫辉煌。

你读这个传说，把自己读成一株向日葵。内心的金黄与灿烂，能抗拒眼前身后的灰暗、陈旧的俗世彩色么？

二

愈狂热地爱着阳光，就愈感黑暗中的阴森、冷漠与孤独。

充满动感与灵性的粗犷笔触，背离巴黎的灯红酒绿。

一粒尘埃的跌落，惊醒谁悲悯的感慨？钴蓝色的眼睛，便走出教义的诠释，走向南方的阿尔，走向惊心动魄地转动着的螺旋形的硫黄色太阳之下的世界。

三

倾听尘烟背后的声响。走进摘橄榄的妇女与食土豆者的叹息，走进黄昏播种的农人、掘土者、锄地者和渔夫的汗滴与皱纹，走进被蹂躏肉体和心灵的妓女的呻吟……

一支画笔，触近低处的土地的搏动。

四

爱的最强光，燃旺原始的冲动与狂放的热情。画板上，赤金般的信念，种植出那扭曲的茎秆、执着的花盘。

孤独心灵流溢出的彩色，艳丽如火，那可是被暗旧生活囚禁的炙烈渴望，在挣扎，在呐喊？

而卷曲的花瓣，在散落，终碎成麦田里仓促的枪声……

哦，野葵花，纵然是枯死了，仍挺着倔强的身姿，为光明的太阳殉道。

五

一切远离，但一切没有逝去。

当灵车咕隆咕隆颠簸着，碾过老街时，太阳，流下了滚烫的铜液般的泪滴，

灼热了身后的久远岁月……

原载于《星星·散文诗》2019 年第 5 期

【 P I T 】

父亲的江山

　　所有的鸟都早早撤离冬日的村庄，飞往远方，向温暖驻扎。

　　每一棵梨树的衣钵此时都被冷风抽光，它们像穷人站在寒冬里，除了自己，一无所有。我的父亲站在十二月的低温里，与它们同类。面对村口工地上一张房地产的巨幅广告，他双手握紧皱巴巴的纹路，像地窖里的卷心菜抱紧自己。

　　他曾经以为自己能够主宰大地，一亩三分地是他秀丽的江山，玉米、大豆和高粱是朴实的臣民。他跟过路的风雨结为兄弟，将自己的名字耕植进每一片泥土中，不急着看它们有所结果，只守着它们慢慢生长，慢慢结出真实与未来。

　　但卡车、物价、挖土机、欲望是拒绝这种慢的。钢筋水泥成为新的庄稼，在田野上生长。父亲被收走了疆土，一个人潜入孤立的池底，靠往事柔软的根须，想象鱼的生活。

　　贫穷永远是一道被忽略的风景。

岸边仅剩不多的梨树模仿村庄里的老人，用佝偻疲倦的躯干做成琴，风拉响了它们，却无人倾听。偶尔返乡的年轻人反复清洗裤脚上的泥点。

父亲钻出水面，看见我走远了，一起走远的还有他的梨树、他的田垄、他的村庄，以及他的时间。

原载于《扬子江诗刊》2019 年第 6 期

八桂山川（二章）

南湖边，柳树下

那棵柳树看尽了人间的生离死别和无常变幻。

而春天的气息仍盛，花落了，泥土收藏了花朵的娇艳；冬天来了，云彩留下了往日的痕迹。

谁的双手，在这里，掩埋半生酸涩，又把下辈子的沉默注入不动声色的湖水之中？

这株柳树，那么老！它站在遍体鳞伤中。

它满身皱纹里，有瓷器破碎的声音。那清脆的声音，如细雨，在天地间纷飞。

那声音，有一天，突然，如山洪暴发，以迅雷不及掩耳之势泛滥。

而青山依旧在，几度夕阳红——

"用你苍凉的双手，擦去我脸上的青翠！"根须，想象鱼的生活。

贫穷永远是一道被忽略的风景。

返回江头村

背景阔大：

大江、大河、大山……

贡士、进士、庶吉士……

背景只是背景。背景不在现场。过往的事物，再逼真，数百年来，也没能惊动周氏祠堂的灯盏。

满月中的小镇，如满月中的耳郭，透亮。

小河在背后，扬起鱼儿打水的声音。

月亮和露水似乎在低语。

亮的、美的，都被它们湮灭了。湮灭路上有深爱——

骨骼撞击，朗朗的宣言。

窗里和窗外，还是昏暗的，看不见风。

想着，风一吹，风就过了山冈。

风再吹，莲花池，还是莲花池。

池中有睡莲：淹没的是世态之姿，浮现的是未知的走向。

琴弦书

琴弦的质地是某种忧郁的质地，类同于人们在过冬时为了御寒用的厚绒毛料围巾。它的存在和特性再清楚不过地说明了物的内部蕴含着人类生活的精神。人们用一根细细的琴弦在提琴上刻画出的他们的梦幻、悲伤——有时是宛如一名少女细滑的身体的美——和对往昔的回忆，跟其金属原料在遥远大地上的隐秘矿藏形成回响，因此诗人可以说"流泪的金属"或者"一段乐曲的孤零零的山谷"。当一把吉他靠墙竖放，安详、平整（必要时，可以用它弹奏世间最猛烈的飓风），它就像一个小小的光斑，退回到一种物的壳里面。它褪尽了它的音箱、琴板、和弦，只为自己裸露着音乐的，或者更准确点说是乐器的小小内核——就像一个哭泣的人消解自己，只剩下他的泪水。此时琴弦的存在是一种非常精确的存在，它对应我们的弹奏歌唱，对应我们的

庞培作品

情感和形式——啊，这最稳定、最质朴的物的存在拯救了我们的日常生活。这是一种在安宁的日子里足以令人反省、感到幸福、惊心动魄的存在（惊讶是因为太精确）。

这时候，在早晨的寒风里，在下午淡淡的光线之下，我眼前靠墙那把吉他突然成了衡量万物、寂静、往昔和明天，衡量我内心真实和生活着的这份现实的一杆尺条。

原载于《星星·散文诗》2019年第9期

蒙古长调（外一章）

在蒙古包吃羊肉时，蒙古长调响起。

一些声音注定是要听我们听不懂的，比如蒙古长调，比如草原上的风声，再比如我们的心跳。

草原上，风一次又一次从远古吹过，辽阔的，更加辽阔。天地也不过是一株草而已。

天地生于混沌，意义在苍茫中显得狭小。一个人老了，坐在草原上，长长的套马杆废弃一边。一朵云，倒在脚下，那一定是他年轻时套的那一朵，如今一座山，比如阿尔山，被栅栏圈住。

我要回去了，回到我的大平原，那里无风无雨，那里有一个好年景，那里有一个好姑娘。

从高处往下看的人

所有的人都喜欢往下看，比如登山者，比如历史人物，比如陈子昂，比如我。

我站在百米高的铁塔上往下看，看一些鸟正从我的脚下飞过，看一些庄稼小草一样泛着绿，看生活冒出勃勃生机。

如果，我把目光放得更远些，我会看到一些人蚂蚁一样地在地面忙忙碌碌，从东到西，从西到东，他们在忙什么我说不清。

从高处往下看，时间似乎也变得细小，流水也变得细小。会突然理解逝者如斯夫，会突然明白，一个人老的过程是如此明了，一个人对生活的态度是如此至关重要。

在高处，首先自己变得更轻，身上的衣服变得更轻；其次是风变得更大，变得四六不认；第三是风一过，树一摇，人世就变得薄如凉水；最后，应该是最后吧，所有被记住的或者应该被记住的，云一样，散了。

原载于《星星·散文诗》2019年第4期

蒲素平作品

雨是时间的波纹

雨来的时候，你听不到纷乱的脚步。

你的睡眠一片安静。夜空不见繁星。

某个印象总是转眼即逝。你艰难地睁开眼睛，却睁不开睡着的身体。你停留在雨的边缘，看见一些陈旧的屋顶和消逝的声音。你听到一个古琴音色低沉。天鹅像片翠绿的叶子坐在湖心。等不及天亮，它就会成为你具体的回想。

你回想一场雨的下落。它们敲打窗户，敲落无数个夜晚。这些虚幻的雨模糊一片，它们总是抽身而出，留下潮湿的印痕。

一个瞬间和另一个瞬间。雨更像是时间的波纹。

和雨水一起降临的，那些被水洗刷过的物事，它们触手可及，又常常是幻象。你站在岸边，有时也会在湖里。这也不奇怪，你可以看到更奇妙的事物。

你可以看到一切的欢乐和伤悲。

那覆盖在荒寂上的，在城市废墟脚下，雨的形状长久存在。

原载于《星星·散文诗》2019年第2期

零敲碎打的银匠（二章）

回乡

　　院子里。

　　他抑制不住内心的激动，轻轻呼唤：秋妹。

　　女孩并不回头，继续跳她的橡皮筋。

　　他忐忐忑忑地又唤了一声。

　　女孩停下来。

　　为什么不搭理我？他问。

　　秋妹是我妈妈，她前年就去世了。女孩垂下眼帘，两行忧伤在脸颊上闪亮。

　　漂泊多年，他回到了故乡。

　　他果真回到故乡了吗？

气味

大棍和小棍是对孪生兄弟。

能准确无误地辨认出他们的人，不多。

邻居刘大婶就是其中一个。

大棍小棍小时候，刘大婶抱过他们。她清楚地记得，大棍的胎记在左腿根，而小棍的则在右臀上。

如今，两弟兄都成人了，天天穿着裤子。

再面对他俩，刘大婶只好茫然，茫然，茫茫然。

你是怎么辨认大棍小棍的？有一天，刘大婶问孪生兄弟的妈妈。

妈妈答：气味。

原载于《星星·散文诗》2019 年第 9 期

尘世书（组章）

母与子

我看见母亲，焦躁而痛苦，试图逃离，而又绝望地一次次因为绝望呵斥那个孩子。

我更看到了那个低着头的孩子，母亲越是训斥，越是严厉，越是满含泪水，越是要推开他，那个孩子就越紧地抱住母亲的腿。

抱着，哭着，母亲推搡着，甚至是痛哭着要推搡开这个孩子，可孩子就是不松开抱着的手。

对小小的孩子来说，母亲的那条腿就是他的全世界，是他无论跑出去多远，都要回来抱着的世界的中心。

我迹近荒芜

母亲，佛陀三十五岁，悟得真如实相。我呢，虚长，妄长，如无花无果的野草。

至今，我依旧是野草，连连野草，无有花果，迹近荒芜。

我的秋，已经很深，很深。深得犹如佛陀缓缓捡起，就要缓缓放下的什么。

母亲，我这一生捡起了什么，又能放下什么？

我两手空空，有什么可以捡起，有什么可以放下的？佛陀一样的母亲，请降慈悲于我。慈悲于我的无用，我的迹近荒芜……

请降慈悲于我，赐我一点尘土和流水，随尘土流水，生于野草，归于野草。

致母亲书

　　家中有事，事连着事。有人指点失眠的母亲如何安心，说夜来可以朝着东方，大叫几声——

　　我没听过母亲的叫喊。我知道佛在西天，母亲的叫喊为何要向东？我不忍，也不敢问。

　　母亲的叫喊，该是哀鸣。哀鸣，我怎么敢听，忍听？这会儿正是深夜，我辗转难眠，我也试着大喊一声吧——可还没张开口，泪水就滚落下来。

　　来世，我们还要相见么？

　　母亲，来世我们还是不相见吧。不要来世，不要来世，也不要来世的爱，不要爱的背后的人间苦难。好吗，母亲？

　　母亲，来世我们母子还是不相见吧。那么远，我抱不住今生的大地，也抱不住来生。

　　来世，我们母子还是不相见吧。那么远，我抱不住大地，更抱不住天堂。

原载于《星星·散文诗》2019 年第 1 期

119

片段速写（二章）

去圆明园

看荷花，看水，看树，看行人匆匆，假装品味尘世，看残存的石头如同老妪一言不发……厚重历史在北京的烈日下冒着热气。

然后水畔小坐。

说市井，谈诗歌，各自吐槽磨人的领导和小妖精——江山美人，历史现实，一笑间不值一提。

后来我们各自返回。

"下一次，荷花会开得更好！"

微信里我没有告诉你，在圆明园的流水之畔，我曾在出神的一瞬间，遇见一个古代的诗人——

在古代他把酒临风，指点江山；

沦落到今天，不过是摇着蒲扇走过的一位啤酒肚大叔。

北京爱情

这黑色的涌动的人群就像：

你踩脚，挑眉，在阳台上打量黑夜时眼神里那些不由分说的嚣张的小鬼。

它们随时准备侵略我。

而我用沉默建造的最后一道防御，试图把不断反复的机场提示音，听成一曲动人曲调；把压抑行人的黑，看成一幅水墨。

难免的一点空隙，我用来想你。把多余的烦躁和悲伤，用来想你……

还剩下什么呢？

哦，对，我还要把整个北京难得的那一夜星星和月亮，和隔日的晴朗，都用来想你。

于是，我成为你。

你成为隐约又明朗，遥远又贴近的，半个我。

原载于《星星·散文诗》2019年第3期

我的埔殊村桥头和梦想（二章）

任剑锋作品

新城市人
——写给农民工的后代

　　浪潮风起云涌，城市召唤，乡村涌动。一拨又一拨农民工从乡村涌向城市，涌向生命的图腾。

　　从乡村到城市的路不远，却用了我们整整一代人的时间。

　　我们在城市的缝隙找寻生存空间。面对霓虹闪烁、林立的诱惑，稍不留心就会跌倒。

　　有时从灯光的缝隙看到的是摇摇晃晃的故乡。

　　无论城市怎样诱惑，只有故乡才能安放自己漂泊的灵魂。我们在城市边缘不停地编织儿女的梦想。

　　我们的下一代，他们跟随父母亲来到城市。他们在接受城市的繁华，城市却不是他们的故乡。他们看着父母亲的衰老，渐渐地，父母亲的故乡也已不是他们的故乡。他们的魂魄刻着：第二代农民工。

　　日夜奔忙，阳光必定给他们，风也会吹到他们。

新城市人是城市的有机组成部分，空气、阳光和雨露都会滋润着他们。这是城市的更新换代，推动着城市进步。

他们坚韧、朴实。一身依附于他们的尘土，背负着前行。

我的故乡埔殊村桥头

埔殊村桥头，很小。有座小桥，把不同姓氏的村落分开。这小桥，也把我与故乡隔桥相望，我在城市的一头漂泊，故乡守望并期待着我有一天能衣锦还乡。

离开故乡几十年，我的身份证上的落款还是这个村的村民。这块贫瘠的土地有我一亩三分田地，生长着小时候的快乐，还有祖先的墓茔和牌位。漂泊城市几十年，虽然有了立足之地，仍然寓居。

每次填写个人资料的地址，总会有"埔殊村桥头"这几个字。

很多函件总是到了故乡，再辗转到我寓居的场所。

埔殊村桥头，我不知她名字的来历，却知道她是我漂泊时内心深处的去向。埔殊村桥头，在中国大地千千万万个乡村中一点儿也不起眼，在我的眼中却是唯一的。无论我人在何处，她都是我梦栖息的地方。

埔殊村桥头，在我的诗里，就是母亲，就是草木。

母亲，此时也许站在村口向着我居住城市的方向眺望。而我，依然在一个又一个城市的起飞，都要对照一下身份证上的落款。

原载于《星星·散文诗》2019 年第 4 期

食虫（二章）

胃里有虫

幼时，胃里养着一只小虫。

蛙鸣和蝉声被耳朵吃去；红头棉花虫与金弹子被眼睛吃去；舌尖上一层浅浅的月光，偶尔也铺些零星的野花菜和榆树皮；而鼻子则更多吃着炊烟。虽然懵懵懂懂鲜知其味，但幼稚的童年，胃里的小虫在倔强成长。

及至尝酒，整个身体被酒液攻围，直到灵魂出窍。酒乃天地人共同酿出来的时空津液。被我奉为珍饮，借以佐馔膳、修俗身。

八酒不离食。在酒面前，我是五体投地之人。在酒魂旗帜猎猎招展的诱惑下，胃里住着的十五只小虫七上八下，从胃囊到食道，挥斥爪牙，挑三拣四，暴殄天物。

食色，本性，自我饕餮之瘾癖也。

中年之盛原形毕露。咀天嚼地之余，五感已束，攻城略池，无往而不好，无坚而不摧。啖万物于一腹，肉身膨胀，灵魂高蹈，俨然众物之主宰、时空之霸王。

生亦知简，当是风卷残云后的安然、雨过天晴后的静谧。一箪一食，感念万物不易。一啜一饮，皆悟众生艰难。风轻云淡，嗜食色已有了简略和审慎。

而依然无所顾忌无所畏惧无所不为的，当是胃里的小虫迷恋至极的尤物。

至此，食色动物原形毕露矣。

清蒸翡翠

饮食之妙，不在果腹，在乎与生俱来的神秘感。

从初临人世吮吸的第一口母乳，到离开人世前吐出的最后一点白沫，人生历来都有着不由自主的成分。神秘诞生万物，诞生神秘的人。

一对在地窖里运筹生育的洋芋和红苕，相互摩挲的肢体轻颤着温暖。恰好被一双少女的手，把它们双双移植到一片沙土里。它们彼此搂抱，窃窃私语，假以时日，大地上盛开出一丛绚丽的马铃薯花。

它们一边仰望星空，一边生儿育女。泥土之下，簇拥着光头星星般的幸福。恰好又被那双少女的手，把它们取出来。干净地陈放在时光里，弥漫着饱满的星辉。

此刻有雪，咸咸的，沸沸扬扬，洒落在它们的身体上。偶尔飘过来几粒青花椒和红花椒，像漫漫长夜里温润的沙土和悠悠记忆里闪耀的水珠。之后生姜穿着姜黄色的长袍，辣椒穿着绚丽的长裤，葱白穿着迷你超短裙。它们共同居住在一格蒸屉里，相互簇拥着迎接生命的升华。

蒸屉之下，上好的山泉水，还盈出淙淙的泉音。被慢慢加热的过程中，仿佛有月亮升起。银白的光弥漫出蒸腾的薄雾，回旋在那些伸出香气的腰身的佐料间，再共同伸出味蕾的舌头，舔舐着它们翡翠的身子。

清蒸翡翠上桌，正值一位诗人到访。此刻月光弥漫，小屋静谧，时空中弥漫着一层神秘的气息。他们惺惺相惜，不为美色所动；他们谦谦相让，不让佳肴所伤。

远远打量过去，两个人，和那些清蒸翡翠，仿佛簇拥在一起的家族，他们有着一个共同的名字：洋芋土豆马铃薯。

原载于《星星·散文诗》2019 年第 12 期

七月

在雨天里选出明亮的颜色绣花。孤独有花朵那么大。一天天喂养它。

这是自个儿的奢华：家织的土布上有彩色的枫叶和艳丽的花朵安家。

家其实就是一块棉布，温润的暖心的体己的特质让赶路的人很快丢掉了过客心态。

一年之中总有一些月份，你得学会忍受炎热也忍受潮湿，这是针扎一样的七月。

整个七月，乱走于南山，专注于天空的云朵或树梢的明月。

找不到回头路就索性向着月亮或者白云走。急于关上箱子的人放跑了收留好的风。

风带来的秘密在游动。河里的水涌动起来，有山丘起伏的意味。

若是在深夜，雨还在下，爱人啊，请把你的手伸给我。爱人的手里有不止一道彩虹。七月，无论绣出了谁的心中所想，都是美丽的。

这世界有那么多好梦可做，雨夜里起身的人，记下七彩的思念。

思念叫一个人穿越一片片树林，从南山去往北山，只为建立一个自己的家园。

将它静置在那里，只做棉布上的一次精神出游或折返，让布上花来说话。布上花说出了草木说出了波涛说出了手鼓箫音，也说出了鹿鸣呦呦和月沉于水。

雨来临。大地洁净一分，又脏污一分。

那对着树喃喃自语的爱人，无人知道他说了些什么。而我，正在学习察看和聆听。

原载于《星星·散文诗》2019 年第 4 期

自然书（二章）

我的心跳和大地的心搏联系在一起。

——特丽·威廉斯（美）

春天的号角

春天的号角在一枝藤条上，吹响了蕴蓄一冬的思想。

早前的枯条和零星点缀于枯条上的叶片开始返青了。

现在，藤条里仿佛注入了新生的力量，活力四射，就像一个青年有力的臂膀。

而那些先前的黄叶，也一点一点褪去了黄，彰显生命蓬勃的生机。

是春的号角，无法阻抑的声音！

满世界都长满了新奇、新鲜的、聆听的耳朵……

会思想的芦苇

背靠任一根廊柱，坐成时光里的一抹剪影。

正对夕光。

刚好见着夕光如何在水面洒下金粼。

有芦苇随风摇曳。

会思想的芦苇，站立水边。

没有水鸟，没有白鹭和野鸭。

我的目光钓着，就像钓一尾鱼。

没有出现，它们的家在哪儿？黄昏或许就要归来，栖息于水边，栖息于这苇丛。

我闭上眼睛，背靠着廊柱，融进波光里了。

会思想的芦苇。

合而为一。

原载于《星星·散文诗》2019 年第 6 期

贺州四章

一

望贺州，是从一句诗开始的。

"落花人独立，微雨燕双飞。"

这是古代贺州籍诗人翁宏的佳构锦句。诗句写满了恬淡，也写出了贺州人当时的那份风雅情愫。

我总想，我若看到那时贺州的模样，该有多好。

那时有秦朝的古道，有汉代的城墙，有唐诗的豪放，有宋词的优雅。

风雅贺州，从古到今，一遍又一遍被青山绿水擦亮身影，一遍又一遍为瑶歌唤来春天。

风雅贺州，在时代的意蕴里，在人们的找寻中，在梦幻与现实之间，成就了另一个桃花源。

二

不必谈及所有的来龙去脉。那些甜甜的空气，那些甜甜的水，那些搅动我们味蕾的美食，自然而然地就构成贺州生活的基本元素。一碗油茶，几块水豆腐，一朵瓜花酿，几片明前茶，以及五彩斑斓的"簸箕宴"，都是贺州人舌尖上的乡愁。

望贺州，望的是那浸染历史风韵和民俗特质的斑斓色彩。这里方言是有色彩的，芦笙长鼓舞是有色彩的，瑶锦是有色彩的，"惯节""盘王节""鱼龙灯节"等节庆也是有色彩的。

这样的色彩因人而异，来到贺州，用心去体会这里的历史积淀，用眼去捕捉那多样民俗背后的文化之美，你就会看到那份独特的贺州色彩。

三

蝴蝶忙着访问春天，鸟儿忙着拍打翅膀。鱼儿忙着练习吐纳，农民忙着下田耕耘。

小伙忙着闻豆豉香，姑娘忙着织瑶锦妆。太阳忙着爬上脚手架，月亮忙着唱《月光曲》。

忙啊，忙，我们忙着把绝美的风景搬运到相片里。忙啊，忙，我们忙着把贺州白（贺州白色大理石）搬运到外省去。忙啊，忙，我们忙着把新鲜的蔬菜搬运到粤港澳。忙啊，忙，我们忙着把荣耀和汗水搬运到幸福的足迹里。

物华贺州，百姓用汗水和热忱去构筑新家园的新风貌。

如此美丽家园，在我们安静的心怀里，安放着五谷丰登的好年华。

四

林泉飞瀑间，春种秋收间，歌舞曼妙。客家人的山歌，瑶家人的芦笙长鼓舞，一茬接一茬，成为季节的美丽诗章。

站在黄姚古镇的带龙桥上，水波烟雾弥漫之中，不知不觉你就成了镜头里的风景。这样的风景，无论晨昏，无论雨后天晴，一点一滴，都富有诗意。如果你是诗人，尽可以诗兴大发。如果你是画家，尽可以挥毫写意。如果你只是浅浅地路过，回眸的瞬间，也是这风景里值得典藏的惊鸿一瞥。

原载于《人民日报》2019年2月20日

水龙吟 (外一章)

　　我以水为大道，以龙为马，以云朵为轮，以词牌为车厢，以秋风为辔，以霹雳为鞭，一路驱驰，横越八百多年的时间，携带三千里的风尘，来到了四风闸，来到了你的故居。一湾清水逶迤而去，不见当年的呐喊厮杀、滚滚烟尘，但在转弯处，犹看见康王赵构马跃过河，勒马回顾时仓皇的面容。

　　历史就将此时的仓皇，装订成为整个南宋的面容。

　　而你在哪里？

　　你在那里，在苍松繁花之间，按剑而立，八百年的风吹动你沉重的战袍；目视前方，眼眸深处是"八百里分麾下炙"，五十弦翻起塞外之声。

　　这是雄健的你、刚毅的你、豪气干云的你，你的身躯坚硬如石，却依旧抵不住一个朝代的软弱。

　　在你的身体内部，我们看到了另一个你，一个悲愤的你：

你反复地擦拭吴钩，如同擦拭自己如铁的意志，而意志终归无用，只被时间锈蚀。南宋这一条怯懦的锁链，锁住心中的猛虎，任凭它在胸腔里游走——虎纹斑驳成为落花，虎啸衰老成叹息。

在你的身体内部，我们看到了另一个你，一个无奈的你：

你一遍一遍地拍打栏杆，拍打风的栏杆，拍打雨的栏杆，拍打日光的栏杆，拍打月光的栏杆——拍打南宋羸弱的肋骨。南宋没有疼痛，疼痛的是我们，是我们的肋骨。

远山排闼而来，端来的却是如山的忧愁；高岭破窗而入，捧出的却是如岭的愤恨。鱼在涸泽，龙困浅滩，这就是命运。无人揾取的英雄泪，流成了村前的一湾清水，碧波粼粼，反射着时间的光芒。

清江水

你以鹧鸪的声音为线，将一滴一滴泪珠，北望的泪珠，串起来，串成一条江水从你的手心里流过。

你捕捉到一滴，裂开了，里面却是破碎的山河。

你以笔墨为线，将一个一个的词语，无奈的词语，串起来，串成一条江水从纸上流过。白白的江水啊，白白流淌。

万字平戎策啊，只有水流中的一勺，被东边的老汉舀起，浇淋在老树的根下。

你以长啸为线，将一个一个的愁绪，那欲说还休的愁绪，串成一条江水从肝肠中流过，千回百转，都是难以言说的疼痛。

——肝裂肠断处，故国奔涌而出！

原载于《星星·散文诗》2019 年第 2 期

唐力作品

生活公式（外二章）

田凌云作品

努力算出自己生活的公式：无——

然后把它们分解：无痛无乐无欲无念。

或许这还不够塞满人生的眼泪，我抢过自己的罅缝，让自己跳下去。途中扔下自己的降落伞，以及清晰的视力。直至意念黑暗，近于无的公式本身。

我脱下自己的想法，连接公式的神经，它们需要找寻新的寄体。在"旧无"变成"新无"之后，它们也将有新的面貌，在一片碎片之中，成为耀眼的腐蚀。

滑雪

当寂静装满声音，我们有多少种尖叫？

当速度迷恋后方，碰撞迷恋静止，内心的麻木，开始用哪种冒险启程？

从山顶到山底，我们丢掉了多少自己？

这雪白的天地，中间装着雪白的速度与激情。罪恶与肮脏，不耻与不义，都去了无名之地。

此刻，我们用雪白涂满自己的心灵，与天地共舞，与迷失和解。

再没有一点犹豫。

这万事万物，仿佛都在替我与我做媒。

原载于《星星·散文诗》2019 年第 3 期

想法

她想，用一天的时间，做个愚蠢的人。

像泥土的哲学，不断纷飞于厌恶之声中，但仍然纷飞。

像后园的荒芜，穿着不规则的华衣，自称有惊世之美。

但生命是什么态度？它是我唯一的母亲。在曾经互为仇敌的日子里，我们成了彼此的身体，像是互相亲吻的两根刺。

如果记忆可以塑造，时光可以被洗濯，我将做一个愚蠢的人，在大家都很精明的一天。

原载于《上海诗人》2019 年第 2 期

深秋，与村庄书（外一章）

舍弃肩头的星光，在尽可能的选择中，压低自己。

路可以无限延伸，而斧头攥在自己的手里。

生活的重负勒紧索扣。

瘀青之后，是一步步走下去的坚忍。

没有人点赞，没有人鼓掌，黑暗的角落里，能够抚慰内心的，除了泪光，还是泪光。

信念的花朵很美，但需要骨血喂养。

能够丢掉的，都已经没有任何价值，包括生命。

请相信，在尘世，活着远比死去难。而我们既然选择了活着，就选择了走下去的执着。

命运是一扇门，开或者关都轻而易举，最难的是走向一扇门的距离。

谁都不能把故乡带在身边

谁都不能把故乡带在身边，于是，便有了梦。格桑花开落的黄昏，炊烟早已准备好洁白的飘带，在院子里放飞童年的记忆。

一弯残月，已亮出寒意。我们就在月下，敲破生命的瓶颈。往昔，流水无情，我们在灵魂中贮存着疼痛的佐证。

在草木一秋的宏大背景下，我们和夜色一起攻占山峰与河流。而我就是黎明的曙光里那个吹响小号的人。

我们用流水洗去血痂，在伤口上涂满时光的吻痕。

路边，野菊花已经开放，等待着霜色。

我在路上，说梦话，打捞水中的月影，然后转身，沿着月光的方向逆行。草木凋零之后，无边的空寂里，是一个人耕种之后的苍凉。

原载于《星星·散文诗》2019 年第 3 期

【 W-X 】

农业用品商店（外二章）

　　女老板过来说，她经营全岛最大的肥料农药批发生意，春风得意状。我们在看挪威的复合肥，问她好用不好用，要买回去试试。女老板还没说话，这时候一个戴头盔的骑摩托的人过来问水果树用的杀虫剂。听见我们说试试，骑摩托的人回头来说：挪威的肥还用试？看他理直气壮，好像他就是挪威人。骑摩托的人个子顶多一米七，海南当地口音，两只手举着农药瓶，露出劳动过后的特黑的指甲。

原载于《星星·散文诗》2019 年第 3 期

天上的魔术

　　天边这么多的闪电，它们集中在远远的一片湖面上，不断闪跳，打通着天空和地平线。天空里藏着个魔术师，隔一会儿就会炫耀他的道具鞭子，只是炫耀一下，不容细看就收回去。这人演得还不错，算是有自己的绝活。我一直都喜欢看闪电。

无所用力

　　这么好的蓝天这么好的风，这么安静的海岛和向东倾斜的椰子树。这种时候能做点什么呢，想想一个人所能做的事都挺没意思，就坐着，四处望一望。果然还有剩余的力气，还有劲没处使。

　　原载于《花城·粤港澳大湾区文学特刊》2019 年

花儿开了

　　时令一到，不管气候怎么变幻，山里的花儿就粲然开放了。

　　虽然娇嫩，虽然羞涩，虽然弱不禁风，那些花儿呀，仍是粲然开放了。

　　知道呢，初春的山里，气候指定不好，不会因为花儿娇弱，风就不再凛冽，雨就不再夹杂些许雪花。时令虽已是春，气候却是山中最大的阴谋家，在它的地盘，它尽可以翻手为云覆手为雨，尽可以把一个光鲜无比的初春演绎成比寒冬还要冷冽的光景。

　　但是，即便如此，山里的花儿并不为所动，只要时令一到，它就开了，哪怕身陷寒流之中，它仍不失为春的招牌。

　　山里的花儿都开了，如花一样的你呀，什么时候能踏歌而来？

原载于《朔方》2019 年第 6 期

阆中

阆，你这山水筑起的大门，难住了无数科举士子，只让尹、陈两家冲了出去。更多的乡亲留在嘉陵江边，用一瓢又一瓢的江水，浇灌着刚刚开荒的土地。他们用眼角的余光，打量着地边牙牙学语的孩子，督促他们去翻开自己的书页。

山水擦拭后的星空更适合仰望，更适合研究。落下闳的眼眶里，慢慢长出了《太初历》，长出了规规矩矩的日子。

我至今都不清楚，那颗关于春节的种子，是怎么从仰望的目光中落进阆山阆水的。

阆，你这山水筑起的大门，能留住山、唤住水，却挡不住人流和岁月的冲击。

巴国旧都刚刚落成，就被来自北方的烽烟瓦解。

蜀国最猛的大将，也没有守住自己的头颅。

山水永固，却挡不住涣散的人心。

阆，我看见你身上的朱漆，飘飞如雨。

阆，你的光环，和我的故乡交织在一起。我自幼熟悉的山水，都是属于你的。但是，在你的字典里，我却没有找到我的欢笑和哭泣。

时过多年，我才碰到一位来自阆苑的先生。他告诉我，阆其实是一个泡在醋里的生僻字，我完全可以不去费劲地琢磨张飞牛肉的味道，抬起头来，把你勇敢地翻过去……

原载于《星星·散文诗》2019 年第 7 期

空荡荡的黄昏

落日熔金。

一个人的影子比记忆更长。坐在村后的小山包上，看山、看水、看云、看夕阳；看倦鸟的翅膀驮着黄昏，急切地掠过头顶。

看一个小男孩趔趔趄趄地沿着乡间小路走成老气横秋和满脸沟壑。

一阵风吹过，青草齐刷刷地弯下腰，似乎在给落日行鞠躬礼。多么狂野的青草，它再也不惧怕牛羊的迫害和镰刀的追杀。

我在诗文中一再缅怀的故乡，如今变了模样。镶嵌在记忆中的村庄，低矮、破落、杂乱，却始终热气腾腾、炊烟袅袅。

眼下，家家门前青红皂白，宽敞明亮的堂屋却无处安放灵魂。去年的燕子，找不到今年的家。

村道空旷，牛羊乘车去往屠宰场；呼儿唤女的温馨被城乡接合部的嘈杂淹没。

我所关心的稼穑，已完全彻底地走出了一支笔抒情的深度与广度。

几个闲人，空荡荡地坐在门前的石磴上，又空荡荡地回到院子里。

原载于《星星·散文诗》2019 年第 10 期

群山（外一章）

高高的骏马，站在天上。水蓝的天空，可是它的草原？

马头，淡墨色的，淡墨色的A字形山峰，固执地在做梦。

马鞍，纯银做的。积雪，赠予纯银的期待。

一株树的叶子红了。

一个脸儿红扑扑的少年，携着一串铃铛来了。

他跨上马背……

于是，沉睡了亿万年的白宝石红宝石，爆发一声哗笑，纷纷飞出梦境。

云

两朵流云，偶然相遇。

它们默默对话，它们结伴远行。两只小船，升起帆儿，漂呀，漂呀……

忽然，风来了，小船消逝，杳无痕迹……只有沉默的天海记得那一瞬间洁白的帆影。

原载于《大沽河》2019年第3期

洛水流过首阳山（二章）

首阳山的高度

未登首阳山，已知首阳之高。

首阳山是邙山在偃师境内的最高处，日光先及，故有此名。但它的海拔毕竟只有三百多米，在中国众多的名山之中，应该是名副其实的小弟。

首阳山的高度，有着不同的测量标准。

灿若星辰的历代君主、贤士在这里留下足迹，或长眠于此。

商朝末年，相互礼让天下，扣马谏阻武王伐纣的孤竹国二君子伯夷、叔齐，耻食周粟，隐居首阳山，靠采食野菜为生，最终饿死在此。首阳山因此名声大震。

以儒家的道德观测量首阳山，堪称士人风骨的高峰。

站在首阳山顶，可以鸟瞰被称为"最早中国"的夏都宫殿。

以文明源头测量首阳山，它无愧于华夏文明史的崇山之巅。

夏朝的王爵

二里头，一个方圆不出二里的小小村庄，湮埋着 3700 前的夏王朝都邑斟鄩，让世界为之刮目。

2010 年曾来此村造访。在夏都遗址的田野里，寻觅祖先的踪迹。而今，田野已变成工地。一座浩大的夏都遗址，正在揭顶。

二里头遗址有许多重大发现：中国最早的"紫禁城"——宫城，中国最早的城市主干道网，中国最早的车辙，中国最早的大型"四合院"、多进院落宫室建筑群，首次在宫殿区发现贵族墓中的绿松石龙形器——"中国龙"，中国最早的国家级祭祀场，中国最早的青铜礼器鼎——华夏第一鼎，中国最早的青铜爵——华夏第一王爵。

铜爵是中国青铜器中最具代表性的饮酒礼器。夏人将铜爵作为特殊身份的标志。

夏人崇酒，沉湎于酒。到了夏桀时期，饮酒之风更盛，他淫溺享乐，不祭祀祖先，却用酒灌池，所谓"桀为酒池，可以运舟，糟丘足以道望十里"。最终，夏亡于桀。

青铜爵作为夏王朝的一个标志性器具，出现在偃师宾馆的最醒目处。

久久望着"华夏第一王爵"，心情突然变得沉重。

原载于《星星·散文诗》2019年第5期

文成（二章）

安福寺

这里一切都太静，静得怕被一根松针捅破。

真的，你看薄如蝉翼的阳光，卡在松间不敢挪动。

不知从哪里撞来的群蜂，即使找不到出路也不吱声。

山门虚掩，将一篱笆的野花泄露出来。

高一枝、低一枝，构成无序的清淡。

还有一池子野水，早已溢满安妥的时光。而且，还在溢着。

风在小声说话，一棵树在它的旁边，默默歪着身子，将年轮又圆了一圈。

树已经走过了无数冬天，尽管这里的冬天不下雪。

树高过风的时候，风只能在树叶子里迷路。

寺内有一棵棵这样的树，它们都在积聚着力量，一寸寸长成佛需要的形象。

155

钟恰在这时敲响，响得风静山空。响得千年菩提，一叶叶落了金黄。

风翻动一下，又翻动一下，也没能将哪片叶子真正翻动。

一个来自天涯海角的旅人，扶着晨光。

一只脚迈进门里，一只脚还在门外。

百丈

春的山顶，相望奔涌。

悬崖在前，在所不惜。

是怎样的一种呼唤，怎样的一种不舍？

纵身一跃，就完成了那个瀑吗？就成就了那个瀑吗？

水烟迷人眼，看不清究竟有多少洒脱、多少淋漓。

喧嚣，有时是会让你安静的，是会让你清醒的。

瀑的喧嚣即是如此。

喧嚣之外，是尘烟的粉墙，无数无奈撞击其上，撞成更加的无奈。

一群水，一群水做的女子，叠拥着透薄洁白的轻纱，散发着与生俱来的清香，欲仙欲死，欲死欲仙。

是的，她们是百丈漈的女子，在目光里变成倾城的风、倾城的雨、倾城的泪滴。

变成一群文字、一群诗。

文成公走了七百年，文成公的声音还在高崖上回响："神仙下天阙，左右翳玉虹。"

水能流多长，时光就能流多长。

并非注定的念想，却是注定的遇见。

文成的百丈漈，箭镞一样，将百千丈外的心，击伤。

原载于《散文诗》2019 年第 7 期

牦牛走远了（外一章）

牦牛走远了，像羊一样小。

羊群走远了，像一群鸟。

鸟飞远了，就消失了。

一个季节走远了，跟鸟一样。

人间的事物来来去去，忽近忽远，没有什么东西会停下脚步。

消失的一切终将重现。

我在高原上梦到自己离世。

也许，下一次可以梦到生还。

看平措伦珠画唐卡

高处的残雪，一直悬而未决，低处的小草，已不断遭受牛羊的目击。藏东的平措伦珠，与阳光狭路相逢，他坐在虚构的菩提树下，为一张画布涂抹来生。

一千三百多年前，松赞干布执笔撬开自己的姻缘。松动的历史划破王的手指，一滴人间的血泅红了吉祥天母的佛身，大唐公主捧住了雪域的坚贞，刻骨铭心的人在一幅唐卡中开悟。格桑花开进了爱情，一个国家省略了多少金戈铁马。

面色凝重的平措伦珠，谨慎地握着远古奔驰而来的心意，仿佛人生就是无尽的揣摩和描绘。

他和学生们用唾液润笔，每一次都像与笔尖接吻，都像要含住苍天的恩典。

笔尖上宝石矿物的粉末，从石头里入世。那些最坚硬的物质，落脚在柔软的画布，构筑灵魂的风景。

窗外山坡上，一头牦牛扭头观望，像参观画展的行家。

平措伦珠的儿子也画唐卡，他早就不再放羊，他笔尖的红和绿，暗合了窗外的明媚。

原载于《散文诗》2019 年第 2 期

王金明作品

室内

他们在室内高声谈论什么，我不关心，我只在一旁发呆。

切割机、冲击钻、打夯声，从近处的工地上隆隆发出，充斥着室内的不安。

据最新消息：我居住的楼下，又一条长达 5.7 千米的出城高架快速干道工期正加紧实施，又一条横贯城市东西的地铁线路即将贯通运营。

我思想中古老而略显沧桑的锋芒，在某个黄昏的照射下阵亡。后工业化信息时代，我对这座城市的记忆，由新鲜如初，变得不可捉摸。

城市西，尤其如此。

室内，我冥冥之中无数次拷问自己：为什么要遗弃故乡来到城市？

一再拉长的乡愁，什么时候才能戛然结束？遍布故乡的那些农田、河流、村庄、牛羊、农具……哪里找寻得到？

　　生活了二三十年之久的城市西，熟悉的永远熟悉，而陌生的永远陌生。如同我左侧新建的楼群，与右侧没落的厂区、村子，和楼下开通期指日可待的高架桥、地铁线，令我一再顿昧。

　　——这，早已不再是从前的城市西。

　　蜗居几十平方米的室内，相比于喧扰的室外，我更爱室内的这份宁静。它不大、简陋，却温馨，还将安放我后半生的肉身和灵魂。

原载于《星星·散文诗》2019 年第 3 期

站着回家

绿皮火车，装不下春运运来的春潮。

西北风设计的道具、布景，最醒目的位置是一塑料壶的散装酒。

经酒精发酵的手舞足蹈的人们，从胸腔里掏出各自的良心。

不胜酒力的酡红，找不到一副桃花的模具。

回家！

让体内多余的时光，在这个幸福的时刻，抽离，再聚合。制造出迷幻的场景。

挤在车厢里的兄弟姐妹，纷纷交出梦游路上被月光磨亮的探路石。温度渐渐升高。

率先在身体里种下花草和庄稼的人，亢奋的脸被蒙上湿漉漉的草木灰。

站着。

不只是自己，是我们彼此簇拥着，脚不着地，体验另一种飞翔的浩荡。

五千万只候鸟，五千万双翅膀，扇动在雷霆之上。

修剪乡愁被诗人的煽情磨出的毛边。

在天空亮出空无的"无"。

尖锐的汽笛开道。呼噜、磨牙、脸红心跳的梦呓，惊醒一个个站台昏昏欲睡的灯火。

方言和方言对峙，俚语和俚语碰撞。

从故乡逆风涌过来的炊烟，熟悉的秸秆燃烧后的焦灼。

骤然提速的火车，竟没发现一丝破绽。

站着回家！顺道将直弯下去的脊梁。

即使不能恢复如初，也要在接近村庄的途中，接近镰刀的弧度。

即使所剩的气力，不能复活一条土路，也要以存在之形，见证回忆的疼。

站着回家。

站成一根虬枝，换下父亲的拐棍。

站成一株棉花，陪母亲唠嗑。

站成丈夫，不离她一丈之内。

站成父亲，怀有温柔之心的石头。

原载于《星星·散文诗》2019 年第 7 期

经过盐湖

王宗仁作品

那年那月那日。

我在这儿看到一个湖，遍地的盐安静地沉睡着。整个大地仿佛都打着咸咸的鼾。

满世界的透明晶体。

两个盐贩，一匹马，蹒跚地逼近了冬天。

望柳庄前的老树，盘旋着冰冷的年轮。

又是一个夏天，我从这儿经过。

盐湖的镜子里映着肥胖的春天，还有春天之前那个干瘪的冬天。

运盐的火车像彻夜不歇的马蹄，敲着盐湖：醒来，快醒来！

蓝天上一只鸟儿扇动着昨天的空气。留在盐湖那些饥饿的伤疤必将复活。

今年隆冬，我再次经过盐湖路。

一条宽阔的盐河在汩汩流淌。河两岸，隆隆的机械把整个生活浓缩成晶体。

察尔汗，柴达木盆地一首立体成长的诗！

原载于《星星·散文诗》2019年第1期

为铝活着

黄河左岸，天和大地都是金属的。

我站在一堆铝中，呼吸和阳光对话，也在轻金属的范畴里。我们是一群为铝活着的人。那些机械，那些操作按钮，那些管道，那些扳手，那些工装，那些手套，私订了终身。

能与一个大厂相爱，是幸福的。

我成为自己青春的操纵者。大厂的工作、生活，包括爱情，写进青春的册页，注解历程。

我认知了机械。像在黄河的激流里，我认知了波涛。

作为机械的一颗螺丝，我是微小的。虽然微小，但不可或缺。我是幸运的。

电能作用下运转的机械，从低速到高速的运转过程是作业的原理需要，能动的需要。渐渐我的幸运有了明确的变化，像沙砾走出河床，走进大厦的混凝土。

作为一颗螺丝，我渴望成为机械的某个部件，像渴望得到充实的润滑一样，激情地迎接更为高速运转的考验。

像照相机的镜头制造了风景一样，青春制造了我的过去，和现在。

直到成为机械运转速度的某个注解，直到定格为工业制造。

我的青春，已隶属于金属的光泽。

原载于《星星·散文诗》2019年第10期

无哲作品

铸铜记

花朵还没有盛开，雨水还没有降临，人类就有一双铸铜的手。

手上，有朝露，有流水，有鸟鸣和花蕾。

一双手，是日月衍生的刻刀，把人间雕琢。

大地的沟壑，铸造其中，人间的命定，铸造其中。

一双铸铜的手，打造的光景，三千年的鹧鸪在尘埃中飞翔。

鹧鸪的羽毛上，沾满彩虹，轻飞的姿势，像神的眼神，像征战的一支队伍。

一双铸铜的手，锻造最初的誓言，也锻造最后的遗言。

万种风情熔入熔炉，神性的荣耀成为一棵枝繁叶茂的太阳树。漫天星辰，化作一粒粒太阳的种子，结成一串串太阳开出的花朵。

青铜的光芒闪烁掌心。

一双铸铜的手，握住青铜，扬起风暴和闪电。

青铜在手上重生，复活。青铜，在站立中诉说，在朝拜中沉重。

喧嚣与宁静，把一张人的脸谱，放大成古老的战场、辽阔的疆域。

飞禽走兽，成为人间的恩典。箭镞上的血，凝固在神坛之上。

鹌鹑与鹧鸪，停在太阳树上，目光里渗透出风声。

一双铸铜的手，沾满五千年的泪。

一双铸铜的手，把青铜的内心植入血脉，人形，是祖先，兽形还是祖先。鸭子河畔的水声，席卷乌鸦的鸣叫，刀痕里的阳光，明媚如初。

锻造的手，托举夜莺的低语，时光安静下来，留下残片，留下裂痕，留下生锈的一只鼎。铜的声音，掩埋村落与城堡。

祭器上，流淌的狼烟，成为膜拜的火光。

青铜，炉火中卷起一阵血雨腥风。铸铜的手上，弥漫着烽火。

原载于《诗潮》2019年第9期

草木一叶

天下泥土，可散可聚，散开为沙漠，聚起成山脉。或许是一记闪电劈开了山谷，轻盈的上升为云端，沉重的下降为溪泉。鸟翅之上居住着白云，白云之上居住着茶仙。

最初的开垦，是一次自我重塑。焚烧过后，土地脱胎换骨，山茶重生。清除杂芜，为茶腾出一块净土，以安放生命。

天下草木，茶上山巅，海拔一千米以上是茶的站位，伸手可擎天，踏脚能踹地。高海拔姿态，是茶在向天下明志。

一片树叶，出自平凡。

茶叶，是树叶的一种，但却有不凡的气象。茶，胸怀山水，行者天下，智者品格。小仅为一片微叶、一粒尘埃，中可为一杯汤药，大可为宫殿佳茗。经过冰天雪地、酷暑严寒的不断修炼，茶早已把风雷藏于内心，收敛起锋锐。

　　敬天爱地，可耕福田。雨水丰沛，阳光充足，不施化肥，不打农药，拒绝涂脂抹粉，永葆本来面目。草木一叶，自然天成。

　　老茶树，承袭了山间草木的尊贵血统。农历蹲守在山村的茶香里。

　　摘下一片茶的嫩叶，吹奏叶笛，这声音跑过几座山、几条溪，跑进了茶姑的内心。

　　山上山下几多沉默的石头，静观溪水远去，捎带着茶海的一声祝福。

原载于《诗潮》2019 年第 10 期

断章（二章）

思考

窗外是白茫茫白茫茫的雪。

屋里是黑漆漆黑漆漆的夜。

我就坐在白与黑之间，连自己的影子也不见了。纵然我早已习惯比酒还醺的寂寞，但还是有一点不太适应这一片空旷与虚无。于是，我闭上眼睛，来来回回，反反复复，回忆或思虑往日那些黑白分明或者黑白混淆的往事。

想着想着，一会儿眼睛亮如黑夜的星辰，一会儿嘴唇乐得似含苞的花朵，一会儿眉宇堆起几朵愁云，一会儿心又沉重得似灌铅的秤砣……

这样的夜晚，适合思考。

谢克强作品

存在

种子相信新芽的存在，用忠诚滋润梦想。

花朵相信果实的存在，用真情丰盈情韵。

树根相信树叶的存在，用虔诚抚响心弦。

不久，新芽得意地张扬着憧憬的梦，果实骄傲地摇曳丰盈的身姿，树叶低吟浅唱自由的歌……

风，有些看不惯它们轻狂的样子，就对它们说——

你们现在的这一切，只不过是你们存在的影子，终有一天，你们会发现，你们所有的一切，都是土地给予的。如果离开了土地，你们的存在和因存在而憧憬的梦、丰盈的身姿和自由的歌，都会枯萎、凋零和死亡。

那时，你们还存在么？你们的生命还有意义么？

原载于《星星·散文诗》2019年第5期

有故事的人（二章）

送水工

他每次送水，都要感叹一句：这水，哪有农村的好。

他这样说的时候，眼眶里荡漾一汪清澈的井水。

送一桶水，赚两元钱。他说，每天能送四五十桶，到了晚上，脚底板就火辣辣地痛。

这憨厚的送水工，是我小学同窗。我从他身上的汗味里，闻到了泥土的味道。

他感恩这份艰苦的工作，而我总抱怨生活的细节。

他的背影，与我的虚伪，在这个陌生的城市，形成鲜明对比。

我们曾经暗恋过同一个女生、同一条道路、同一个贫穷的村庄。

许多年前，在夜晚，我们都是被月光镀亮的人。

徐源作品

山村教师

有时，他用粉笔在黑板上写字；有时，他用指头在生铁上写字。

光阴在发丝间变换颜色。三十年，他与这所小学的关系，就像声母与韵母的关系。

有时，他在教室里踱着步子；有时，他在生活中举步维艰。

梦想在旗帜上迎风飘荡。三十年，他与这个世界的关系，就像数字与公式的关系。

没有权位，出入不了庙堂之高；没有政绩，写不进方志之远。

没有人为他塑像，而他的学生遍布天南地北。天南地北，都有他温暖的塑像。

原载于《星星·散文诗》2019 年第 7 期

阿克塔斯时间

在阿克塔斯草原——西天山养育的众多草原之一，永恒被诚实的时间测度。

一

喀什河经过，阳光如蜜，黄蜂，受缚于夏日的蛛网。

正午，在太阳下，寂静归于赞颂。

铺开长桌宴，那一头肉，这一头酒。

抓饭开始说话，米粒的表情坦然，系着胡萝卜头巾，羊肉块做奖品，咀嚼便有了舌尖上舞蹈的滋味。

来自口里的朋友，当避暑成为一项使命，时间会记住一块肉一餐饭。

天山北麓，原色织毯，山岭沉堕。

河水一头栽入脉管。

草原是悬浮的镜子、地理学的迷宫，它的密码叫作正午。

时间在正午粉身碎骨，宽宥的灵魂叫诗歌。

二

阿木在河边玩轮胎秋千。七岁的童年，头顶蓝天，他扔石头的姿势告诉我，七岁的事实。

城市里小学生的样子随着消失的石头森林消隐，他比云杉直，比白云轻，比清水静。没有经过喧嚣。

就像我们喝喀什河的水，用它洗土豆、大葱、黄瓜和蜜桃，只是劳作，天山的冰雪沾满手掌。无须再做功课。

疾病的隐喻。

少年樊元国，心脏瓣膜被浇注石灰浆汁，他的记忆纯净如同没有记忆。

原本英俊的脸留下激素的痕迹。

他告诉我，成人后，他选择健康作为此生的职业。

蜜糖色的时间会黏附。

晚餐后，有一个回到六岁的游戏。游戏中，无忧无虑得到诠释。呵，记忆的回乡之路，以忘记成年为前提。

我看见月亮的路径来自风，风来自光的水滴，淋湿时间的水银之母。

三

篝火晚会之后，夜凉起来。冷让我想起火，神的清洁剂。冷将人们驱逐出境，那邻国的温暖叫火。

风钻入骨骼，有些扎下根的脚步出现凌乱。刘燕大姐醉酒，一心要讲故事，就因为我朗诵了一首诗——关于父母亲的诗，她想起自己幼年入疆，想起患癌早逝的亲人。

"最早在乌鲁木齐的拌面馆端盘子。"紧紧搂着我的左肩，像情人那样，喃喃私语。

"后来成家，有了店铺，也有了点积蓄，从老家接来了父母。"

眼泪蹭湿的左肩被夜风吹着，有点沉重。她继续，"你和我的女儿差不多大，你们应该过得更好一点。"

无法向她透露，我看见满天繁星，听着流水咆哮，心情平静，如回到童年洮河畔的村庄。

一些文学性的、书面语式的安慰在此刻根本无力到达。虽然我们相互抱着。面对现实，我内心惶恐，还要扮演荷马的角色。难道倾吐、流泪、长久拥抱，与这个夜晚不符？

一切在火里炙烤。天明时，炭灰捧出晨曦的舍利子。我看见守篝火的女孩，与冰啤、烤肉、音乐为伍，仿佛共同度过的前半夜使我们早已熟悉。但她的话明显不多了，加起来，一共不超过五句，只有晨光中的几支野火，留在潮湿的喉咙。睡眠赊给守篝火的女孩，却毫无倦容，阿克塔斯的夜给予她新鲜。

四

那天，我们一起上山，你从一家牧民那儿租来一匹骏马。

我从未到过如此温暖的草原，昏昏欲睡，仿佛是受邀的梦境，仿佛正在进入。

短暂与永恒轮流上场，埋骨与盛开同时发生。

骨头碎了风来修补。醒了就唱歌。唱《燕子》。

释放全部光芒的中午，使马、骆驼、牛羊都显得不真实。然而我听到和煦在呼吸。

马蹄声清点整个高山草原的寂静，最后的数字，即使大数据也会破产。

冰峰银蓝。语境幡然——如同原如同始。

遥远草原上，毡房里的哈萨克老妈妈，拿来亲手做的酸奶疙瘩，她说不要钱，送给我们。我们和她打算去奎屯的儿子一道下山。他们相互说什么我听不见。

真快啊，慢一点好吗？

我还得重新学习告别，给我点时间吧。

我将按捺住内心的风雪，我将在春天放牧心灵，在秋天捡拾落叶。

白日劳作，深夜安眠。在蓝色小城伊宁，我也会遵循你，阿克塔斯时间，这是最好的纪念。

原载于《星星·散文诗》2019年第3期

【 Y-Z 】

画外音（三章）

拾麦穗者

她们是淳朴的农妇。19世纪的法国田野，明媚而浪漫。

粮食已经归仓，空旷的麦田，三位衣着简朴的妇女，正专心致志地拣拾麦穗。她们热爱生活，热爱蓬勃生长的庄稼，就像热爱自己的眼睛。

土地枯竭了。那一年，乡村的粮食，根本无法满足城市日益膨胀的胃。

而夏日的麦田，充满阳光的气息。不远处，一辆马车在运送干草，高大的麦秸垛，仿佛沉睡的困兽。

羊群正寻找着遗失的记忆。这些羊就像我们人类，专心致志、辛劳勤勉，收割的麦田，已经成为它们幸福的天堂。

村庄是宁静的，纯朴的风唤醒了淡淡的乡愁。

啊，我看见巴比松乡村的麦浪，就像沉默已久的思想，顷刻间，照亮所有渴望美的心灵。

米勒的声音从画布上传来：我愿意到死也是一个农民……

积雪的圣多维肯村庄

这是一个冰雪童话世界，遥远而宁静，澄澈而温暖。洁白是原初底色，柔润，温馨，清纯。啊，挪威用静谧慰藉灵魂，也让一个游子百感交集。

一座老桥安静地守望，在雪的世界里，它用沉郁击打时光，用内心的温暖照亮天空。

小河两岸，雪花簇拥淡灰色虬枝，那么多黄叶轻拢着，仿佛一段滑落的记忆。而红色屋宇上，白色主宰着我的想象。

远处的山峦，就像大海上的岛屿，鸥鸟翩跹，青黛色的梦廓清了大地的忧伤。

清幽的风徐徐荡漾。看不见人，只有圣多维肯用安详温暖游子……

蒙玛特

　　这些树在静谧中涌动激情，如内心的闪电，热烈深埋在淡泊里。浓荫下，形形色色的屋宇，仿佛烙印的忧郁。

　　哦，这是巴黎一个午后。风已经歇了，云却在堆积，远天透出幽深的蓝。是盛夏的热烈吗？可不远处，圣心大教堂庄严神圣。

　　曲径通幽，进入喧嚣中的乐土。登高远眺，繁华的巴黎狂潮般奔腾。

　　在这里，高雅与粗俗，浪漫与庄重，爱与恨，光与影，动与静，这一切的一切，竟那么不可思议地交织在一起——

　　透过居依·巴多恩的目光，我看见了蒙马特的奥秘……

原载于《星星·散文诗》2019 年第 4 期

科尔沁走笔（二章）

猎手

这旷野茫茫，遍布崩溃，而危巢不动。蹑行者最终藏于暗处，面色苍白，忍着大地茫茫的静寂。

人间仿佛失血过多。那是鞭刑下的另一种表述，鸷鹰，残骸，陷阱。利刃无形，蛇一般游动。

再轻一些啊。脚印是伤痕，将生命引荐给另一张饥饿的嘴。一路念白，引诱肉身加入合唱：有人为枯木担忧前程，指一指苍天，囚徒从此再无消息。

可把空白懿旨吞服，大地上铺着好长一根白绫，以备不测。

烽火台上只是虚拟了一场哗变，教你如何从一柱狼烟里救出一个朝廷。

自己本来就是诱饵。来，共谋此番机关重重，让野兽们一小口一小口尝着我残存的暖。你应该想到枷锁生锈，伤口溃烂，你应该想到杯弓蛇影，那把刀睡在怀里，早已伤了元气。

为什么把盏言欢后，转身变成了南岗大祭？

暗箭是没有主人的。

作为猎手，我深知，我的身体里藏着一场杀戮。

老村记

向西二三里，有砖石为证。五十年世局残缺无数，这沟渠空置几许。

早稻的香，喂养着榆木犁杖，囚徒们瓜分了枯草的记忆。据说，牧童遥指是为响马错指了去路。

他们也是遗民。土井里的水至今也没有喝完，离世的亲人，名字已慢慢生锈。

——多么艰难的耕种啊，剖开泥土，剖开水，再剖开火，将苦透的种子种下去，将泪水汗水和磨出老茧的叹息种下去，最后，把自己也摁进泥土里。

小满前后，种瓜种豆。秧苗会每天伸着小手，索要光，索要水，索要一根根白发，牙齿般咬在垄沟里。

它会把一波又一波生灵咬碎，从不怀疑破坏掉
也是救赎。

白头翁将牧鞭当作拐杖，粗布衣裳掩盖补丁般
的旧伤。"我已习惯被陷害和被拯救，像灰烬和尘
埃不分富贵和贫穷。"

依稀还记得：老村的街口就是一张大嘴，把彼
此相爱又恨着的人们吞进吐出。

原载于《星星·散文诗》2019年第3期

在平昌白衣，
有一种遇见
总会让人意乱情迷

一

你必须展开生命的全部山水，供奉所有过往的繁华，并将奢侈一生的念想浓缩成这一刻的安静。让风雨淅沥的路上只剩阳光斑驳，让风光迷离的田园长满温馨稼禾；在诗意荡漾的码头卸载厚重乡愁。

二

你必须收敛臆想的翅膀，或华服出行，或素衣蔽体；或只用一声鸟语，叫醒隐于密叶下面的辉煌旧迹，翻出无尽新欢，搬弄岁月美与好的是非。你必须默诵被炊烟缠绕，谁都会老有所依。你必须知道，你要遇见的白衣，已不是商贾的前世，也不是侠客的今生，而是檐下新燕正在呢喃的一个德厚家族一望无际的明天。

三

　　过去的人，走着走着，有的就不见了。

　　明天的山水，也许用剩下的半生，却再不能遇见。

　　岁月说：我的酒窖里已拿不出更多的醇香，致敬生活逝去的青春。

　　而白衣，让来来往往的日子，雨露均沾。

四

　　吴家大院前的那株古柳，薄雾萦身，群鸟翩飞。早起的人，气定神闲，低缓的耕读声被晨光慢慢镀亮。

　　我不是刨根问底的人，未进入院门。只想在古柳与耕读者的中间，感觉什么是地久天长。

五

　　往昔不宜追究……

　　节孝牌坊是旧时代被毁容时留下的伤疤。就像今天的树叶想藏住昨夜的月光，却总会被好事的风翻了出来，在戏台上落下话柄。而说唱词里的烈性女子字正腔圆，不怕与你于光天化日之下再一次狭路相逢。

节与孝，即使被历史毁了容，而烈性女子的故事始终在传统的桃花里流芳，从未被时髦的叫卖廉价出售。

六

据说皇恩是从水路来的。那时的白衣，还未脱尽潦草的春装，回家的人刚刚弃船上岸，却已见稻菽饱满、门庭若市，且世风善美、子嗣绵长。

七

仿佛有迷失于昨夜的一株芦苇，还在水一方蜷缩。

破壳而出的幼鹤，伫望迟迟不肯上岸的日光。微风吹乱柳絮，一些在噩梦里死过的事物仍然坦露出活着的心。

生逢盛世，幸者有寿。白发苍苍的芦苇，举目跟随一只追梦的幼鹤，去看看这条白衣河浩荡的远方。

八

忍受着光阴的浩劫，一部分懈怠过的废墟正在重修旧好；经历了漫长的雨夜，巷内寂静的天井像一朵朵玫瑰花迫不及待地打开明媚的心窗，再续青梅竹马的前缘；见证过历史的兴衰，风火墙一如既往地宠辱不惊，用端庄的姿势装帧着古镇如今焕然一新的和谐生活。

九

五月，是一个个欲望的包袱，等待着那个打马远行的少年，衣锦还乡，逐一抖开家珍。而布谷鸟则怀揣《诗经》中的窈窕淑女，俯首千顷良田，流连十里新居，喜极释怀而泣。

十

好山宜静读，好水宜默诵……

在白衣，有一种遇见，总会让人意乱情迷……

原载于《星星·散文诗》2019 年第 1 期

古城踏雪（外一章）

晴雪。原州城内阳光泼洒而来。

雪光闪闪。仿佛回到《诗经》里的大原。独自一人，我像一个落魄的将军，沿着靖朔门向上的石阶，登上城头。古城投下的刀光剑影已然成为潜伏的印痕。

从大原到高平到原州，一座城池的兴衰牵动着多少帝王的神经，也曾使多少诗人的吟唱穿越时空。当大雪覆盖城头，多少英雄的身影和百姓的困苦皆被深埋。

阳光下流溢的雪水浸湿古老的砖块，缓缓流淌于时间之河上的古城落寞不堪。残留的古城墙在静默的阳光和雪中轻诉逝去的辉煌。

血液流干。此刻，在雪的浸润中，尘埃沉睡。让我们一起倾听远去的呼吸，期盼阳光下的美玉和白银再次照亮小小的城池……

春江水暖鸭先知

初春的水面上，冰层渐渐消融。我喜欢这样的静，当阳光占据空旷的河道，河面上的野鸭停落或者起飞，天空，湛蓝而清澈。

静静漫步于故乡的河边，用目光捕捉岁月的潮汐，此刻，愿与一条河一起等待春风吹起，等待晨曦、正午、落日，等待时光返转，重又回到梦中的青葱岁月。

水影深处，听一双鸭的鸣叫，剩下的，都是属于自己的温暖回忆。一汪春水，静静蕴含着大地起伏不定的抒情！

原载于《朔方》2019年第6期

杨建虎作品

大自然的引领（外一章）

许是一年没去蓝莓园漫步了，前天中午迎迓炫目的阳光走去时，它已成一片森林之态，每一枝枝头上密布着玲珑且青涩的蓝莓。

我弯腰向她们靠近，不是试图窥视或揣摩她们内心所处的疆域。

谁能访问谁的内心啊？

揣摩，可以让自己的想象力增加一米维度？

辽阔的想象力好像也抵不过变化，这枚说变就变的云朵。

不如将自己放空，空到不觉然被这儿的一草一木、一湖一水引领。

万念不过是俗尘回不去的一黛烟雨。人不过是尘世匆匆来去的过客。

但不必把诸如此类的感慨辗转成影响心情的潮水。

一切可能在转瞬间跌为空中楼阁；一切也可能是一派向荣的孕育。

姚园作品

平安是一抹绿

从机场回来，天依然在夜色的浩渺里幽深。

然，我已无法再入眠。

雨还在窗外渐沥婆娑。儿子搭乘的去佛罗里达的航班该起飞了吧。

牵挂，从他拉开车门转身前行的那一瞬就已地老天荒。

而我不得不放开不舍的手，行走才可能与可能的机会相拥。

只是有些仿似从天而降的机会也会让人双眸含着迟疑，除非它是唯一的稻草。

某些时候，无路本就是一条路的逢生；某些时候，人们解决的不是问题的荆棘，而是使勇气重新流淌。

然而，此刻我唯愿平安是这个时节最葱翠的一抹绿，照亮儿子一路的前程！

原载于《天山时报》2019 年 8 月 17 日

高原之声（节选）

二

种植者在春天活着。手中，种子的光芒有些凝重，像一个即将远行的人，种子，揣着大把凌乱的道路。

种子还能揣热多少崎岖的念头？从春天绕过去，你会看到锡箔上分散的黄昏，被孩童打了一个红"×"的黄昏。孩童喜欢什么模样的夕照？——天空被梦想染红，一个赤裸的孩童，描出残留的春色。

我想把黄昏挂在高原的颧骨上，让更多的种子呼叫，让更多的种子，延续种子苍老的迟疑。

我想把颂歌献给那粒被乌鸦吞进肚腹的种子——像一道星光，那粒种子，为诅咒与爱，拓出了一个个炫目的时刻。

鸦声黝黑——

种植者，在九月的斜风里，远去。

四

　　山地在数它数不清的齿牙。它嚼痛过什么？长满羽毛的星宿浮荡在波澜中，它，咬碎过谁浓雾般冻结的祝福？

　　山地在自己的鳞片上反复敲击——它跟脚下的流水说话，给墨绿的蝌蚪一种昭示，让蜥蜴放弃一千年前的惊惧与静，让试图幸福的追寻者重新懂得失败的深意……

　　山地在数它参差的齿牙：狼的遐想，蛇芯边缘的坎坷，抑或岸石交错的守候，母狮嘶吼中滑落的唾沫……山地在自己的齿牙上，重溯超越血肉的历史。

　　疼痛叠厚疼痛，刚降生的孩子哭不出声来，乌亮的星盏混杂在谷物中，被激怒的黄昏粘在山地的脊梁上，血，垫高剑戟锈蚀的骄傲，鸟活成梦的骨头——

　　呵，山地，你的齿牙，将再次击穿谁穿戴着成吨铠甲的漫漫风俗？

　　风雨老了——山地，在数它日渐稀少的齿牙。

姚辉作品

五

在谷仓中，高原藏着三个比树叶略小的通灵者。

一个掌握着风雨的痛处。他熟知一滴雨裹严的几丝光明，以及风的背脊上面粉状的光明——信仰可以用镍币交换？从史册里提炼出的手势，划破晨光——太阳的秩序，正在成为风雨艰难的秩序。

另一个懂得鸟晦暗的梦境。从倾斜的鸟翅上，他看出一块巨石坍塌的理由，他说出一个时代污浊的痕迹。他还能说出什么？喜鹊成为鸦古老的祖父。你该到颂词中找你过时的伤势了——鹰的羽毛长在麻雀镀金的臀上。鹦鹉说出的启示代替所有启示……到处都奔跑着煮食凤凰的讴歌者……他，从一堆闪光的鸟粪上，辨读出机构与遐想中变质的绮丽。

而最后的通灵者始终沉默着，这尸位素餐的烟雾，已填塞完谷仓的每个空隙——你还需要他为你填充什么？无法燃烧的灵魂，还是警示？

最后的通灵者，醒着，看着自己烟雾般飘散，然后，再一遍遍地，看着自己烟雾般，重新升起。

八

我查找着高原走失的所有花朵——

从巉石深处的第三个岔路口开始，花朵改变过多种奔流的方式——而绿色的花朵，只采用了水的方式。

谁采用风的方式？或者往事与爱的方式？一些花朵用砾石炼成，带着鸟翅的光晕，这些花朵，到底避开过多少值得反复赞颂或警惕的花的灵魂？

一些花朵仿佛预言，悬挂在自己的影子上——它们渐渐泛黑，像经过精心设计的巨幅匾额，遮暗，黎明匆忙的步履。

而更多的花朵消失在曙光和诅咒之前。它们触痛什么？粉碎什么？唤醒什么？粉饰什么？删减什么？更多的花朵，远离了我们的眺望与追缅。

花朵仍在奔流——

我，查找着高原值得走失的所有花朵——

十

一匹马，奔走在高原上。

一匹刚卸下翅膀的马，一匹刚将春风钉在门楣上的马——它咽下嘶鸣，冲炊烟打一个响鼻，然后，静静奔走在摇晃的高原上。

我用马驮过过期的旗帜。我把信仰撕碎在路途中。谁的信仰？弦月刈伤千年祈盼——我把弦月，烙在马弯曲的后蹄之上。

马穿越过多少沉重的历史？山的灾祸，水的憎恶，岩石忍耐的春天铺展花期——马，超越过多少理当铭记的恨与光芒？

我在马的奔跑中，臆想可能出现的幸福。幸福没有阴影——我在马的道路上，布置出高原总在回溯的奇遇。

让每一束火焰都布满马的身影，布满马鬃上吱呀作响的山川——让马的蹄迹，代替花朵回忆——

高原，延续梦想——

一匹马，缓缓，移过天际……

十四

　　铜认识的岩石也是小麦认识的岩石。

　　石头的年岁，黄泥烙在小麦之芒上——铜认识
的小麦，也是岩石认识的小麦……

　　夏日被几束灯光顶住，如一座盛大的宫殿，夏
日用三种枝叶，重复小麦边缘的青铜，抑或青铜边
缘的岩石。

　　有一些人影注定要重新醒来，在麦浪中腾跃，
留下风一般青涩的喜悦。而麦浪滚烫，藏着五月璀
璨的奇迹。

　　我与麦粒及岩石的苦痛息息相关。麦粒占据的
青铜属于灵肉，属于村落宗祠里错落的身影——听，
麦粒遮掩的名字，正发出蜻蜓般蹁跹的回声。

　　麦粒还可以系上正午的流苏，然后，在阳光的
转角处绾一个小小的结。

　　麦粒还将忆起多少古老的饥饿？青铜上的字迹，
记得谁焦灼的守候？

　　——岩石般沉重的守候。让麦浪浑浊的守候。

　　人群自高原深处归来，田畴，反复燃烧：

　　小麦认识的岩石，也是青铜认识的岩石。

十五

　　翻读族谱的长者即将消失。顺着牵魂的风声，翻读族谱的手，又一次，划过季节漫长的步履——

　　歌声中浮起星星嶙峋的雕像，闪动火苗的雕像，或者被水拧碎的雕像——呵，雕像，你这族谱中朽坏的阴影，你这孤寂与痛，就这样，缓缓沉入歌者注目的黎明。

　　我们在尘土里修订血脉风化的流向。祖先的冀望没有尽头，高原折叠的黄昏，触痛谁的缅怀？我们，在族谱翻卷的许诺里，接近无数人试图放弃的奇遇。

　　谁被吁声推远？高原阔大，藏着你永远无法忽略的远方。谁，必须艰难地，成为一块石头命定的儿子？

　　我想向族谱中那只永不吱声的蠹虫致敬。只有它，守住了高原灰暗的隐衷；只有它，熟悉一代代人薪火相传的所有骄傲、痼疾。

　　——高原还需要守候怎样漫漶的艰辛？

　　翻读族谱的长者，如山伫立。

原载于《星星·散文诗》2019年第10期

姚辉作品

魔镜

我是一个妖孽。

我的身体是一面魔镜。

我站在高高的山冈上，我坐在汤汤的江流边，我穿行在密不透风的丛林中。我的羽翼哗地张开，像一只大鸟，像旋转的雷达，万物皆被我扫描摄入怀中。

我的身体布满棱镜，摄入万千物象，镜像被多次反射，组建出一个又一个新的空间。新的空间被无限复制，构建出巨大的迷宫。

世界在这里被变形被重构，万千镜像在此重叠，被无限地复制延伸。我面对新的世界惘然无措。

魔镜观照万物，就像太阳能收集器。当宇宙间一切被纳入魔镜范围，我就获得了超级气场，酒神附体，心跳加快，血液在高速流动，我的力量在膨胀，在升腾。

此刻，颠覆自己是顺理成章的事。

世间草木更替、日月轮回，轰轰烈烈的生抑或寂寂封音的死，皆是诱发我灵感的尤物。我假模假式地吟诵诗歌，很像号丧的道士。我的感性曾经与人间世相有关，与一切生灵有关，针尖大的事都可以诱发我心灵的风暴。

魔镜让我苏醒：我要构建自己的迷宫。

我不是捧心的西子，也不是葬花的黛玉。风花雪月，这件连续千年不断撞衫的大袍，再也无法打动我的心扉，我决意脱掉这件华美的大袍。

面对尘世声光色味的诱惑，我不会沉溺其中，或者它们永远只是我的客体，无法真正置换我心灵的神秘大厦。几乎所有客体，都只是我借以暗喻的意象，它们是我招之即来挥之即去的兵卒，是听命于我攻城略地的棋子，是我用以构建心灵城堡的砖石。

我只是用它们来建筑我心中的圣殿。

从此我的心变得坚硬起来，不再沉溺于与客体共享的忧伤。

我重新审视一只蚂蚁一行燕雀一尾游鱼，抑或一枚人类。

勾起我诗意的表象最后都只是沦为一个由头，都只是我进入主观世界的一张车票。

魔镜建造的幻境才是属于我的宫殿，才是浩瀚无垠没有边际的心灵宇宙。

我将着棱镜的身体置放在奇异的新空间，灵魂开启缩身模式，脱壳逃离身体的棱镜盔甲，灵魂迅速回弹破茧化为一只美丽的蝴蝶。蝴蝶的翅膀幻变千奇百怪的图案，自带炫目的烤漆般的莹光。蝴蝶展翅自由翩飞犹如一场舞蹈启幕。

她一边徘徊一边低声地呼唤着另一只蝴蝶。

两千多年前的那只蝴蝶——庄周，它在哪里？

一只蝴蝶飞起来了。

成千上万只蝴蝶飞起来了。

飓风来了！

原载于《诗潮》2019 年第 3 期

洋葱之心（外一章）

如果灵魂有一扇窗，我就将所有光明献给独立的思想。

我赞美所有的生命神采奕奕，我赞美所有的声音清脆动听，我赞美所有的味道如甘醴。我盘算着年轮，年轮盘算着轮回，轮回盘算着我，如此置换，我裹紧肉身，等待时间揭开我的真相，我的谜底，我的一切。

喟叹是多余的。

我安静地散发着光芒和热量。鸟雀啄我，风雨蚀我。我一如既往，在土地里勾践一样隐忍。我的思想正在接近文艺复兴，汇聚百家和弦，正在暗暗凝成一条冰河，它是一把带光的刀子，它是一颗无声的子弹。

我的心是异质的，禀赋的，独立的。

亲人们学会了打破砂锅问到底。亲人们渴求答案和结论。

他们在生命的菜地里捡到我，一层一层剥去我华丽的衣裳，一层一层认识我的密码。他们满含热泪迎接生活的幸与不幸，以及冷热。他们命名我是一尊洋葱。思考清澈黎明的洋葱。

土豆之命

恍若，是前世。一颗土豆落入我的命门。

让我领取平凡的二维码——土的箴言。

外省的友人常说我一日三餐离不开土豆、马铃薯和洋芋。

这些词语是我苦命的兄弟，是贫穷的代名词，是生活的粮食，也是上帝的馈赠，丰富了我的灵魂和味蕾。

我麻木地活了二十六年。

在农村，我木讷如同一块带疤的土豆；在城市，我平淡如一盆乏味的土豆汤；在路上，我喋喋不休如烤焦的土豆片。

我像一个词语一样，站立在现实与理想之间。

愈来愈狭窄。

我抗拒、战栗、彷徨。

我信奉的宗教是落叶归根。

是这样：一列从农村开往城市的火车，轰鸣声不绝，我在内心里置换出另一个平凡的自己，去往远方——

原载于《扬子江诗刊》2019 年第 2 期

白昼之心（组章）

客厅

它不是真正的隐士。

隐于楼群，它用若干隐喻在向门外的人招手：

沙发、椅子、茶具……一束干草散发的，想要采伐所有冥思的气流。

我也在制造迎客幻象：

借它身体中央的吊灯，帮它布置光线——像无数将握的眼神。

一幅画使墙壁爱上了田园风情，窗口的瓷器与太阳微倾的影子不时私语，它们对窗外那棵树藏匿过何种情感？是不是客人来了，一棵盛年的树，就会从它们的嘴上暗淡下去？事实应是，客人来了，它们才会明亮起来，客厅才会明亮起来，沉寂已久的心才会明亮起来。接着是果实、荒芜、春天，时间的数度重逢。

我常常在客厅的腹部走来走去。

急促的脚步，掩饰了日常的平庸。缓慢的，有时是智慧，有时是我对生活的犹豫。我对一些不可名状的脚步悬挂警惕。

我想把脚步的速度分解，与远道而来的客人谈论和享用窗外的风声。

卧室

一头扎进你矩形的身体，我扑向蓝色的睡眠。

梦是天空在我脑中散步，梦话是月亮又掉了一个角，碎片落在我嘴里，吞不下去的部分，就只有说出来。

黑夜能让一个情节死去。你能让一个传奇复活。

我在静待明天的不可细数。环绕它的恩宠，必须按时苏醒。

床是你的胎记。

你知晓我的软肋，我小腹隐藏过的秘密。

床替你接住了我的覆盖，接住了所有覆盖的重返、轻与重。

到了夜晚，台灯把你描摹得深情而古老，我对你又爱入骨髓，像自己也再一次被爱。当我远行，我会扬起将要允诺的头，想成为法术高深的通灵者，给你造一个丈夫、一个妻子，造一种情感，永不厌弃。

让你为夜晚沉迷，而我，将独自拥有白昼之心。

镜子

镜子探入房间，眼睛就深谙炼金术。

镜子镶嵌在墙壁，向窗口献出祝词，仿佛灵魂都得以安详。

镜子绕过博尔赫斯的恐惧，来到我面前。它站起来是个抽象的疑问，躺下去可以替换完满的天空。

在镜子里摆放一栋喑哑的房子。

在房子里摆放一些乖巧听话的家具。

在家具里摆放一个睡眠。一个睡眠要如何结实，才能装下柏拉图的洞穴？

镜子为探求那些未知的东西，饱食蜜汁和毒药。镜子突然被囚禁在自己的身体当中，被迫先于别人摸索自己。

当我照镜子，我也是岁月的囚徒。

并在它内心的图像中隐喻：花朵都为凋谢而生。

镜子将被另一个我劝服。很多个我，又将不知所踪。下一秒照出"我"的那个人，应该学会倾听不同的"我"同时言说，护送镜中诞生的一切。

原载于《星星·散文诗》2019年第3期

市井人物（二章）

补鞋匠

被露珠湿润的清晨，在盛夏的小城有补漏之美。

阳光硕大，唯有他风雨无阻的身影，让我对劳者多形深有体会。

每次靠近他的补鞋摊，我都会默默念叨，让心跳得慢一些，让目光变得缓和一些，让脚步变得迟钝一些。我渴望能够在擦肩而过的清晨，从他的生存状态，进入一个成语，静水流深。补鞋匠，修补的不是鞋的漏洞或者破损，而是生活的残缺。低着头，凝着神，用着力，时光如此美好。

是孤独之美，抑或是绝世之姿。

在异地他乡的街头，我们犹如两粒尘埃相遇、碰撞，擦出火花，仿佛世间唯有爱是我们共同的方向。在藕自有窍不染污泥的季节，我们有时也会相视一笑，犹如莲花初放，向生活，向自己，也向未来。有时候，我会找他修补自己的鞋子，也许这是一种宽恕，叫路在脚下，走着走着，就到了我们的梦想地；有时候他会拒绝收我的钱，或许这就是所谓的值守，叫美在手中，握着握着，就收获了我们走动的芬芳。

烧烤摊老板

一辆小三轮，几张小桌子，却可以提供诸多好看的形状和深邃的芳香。

烧烤摊，每一种形态都在等待上门认领的主人。一块豆腐，一串四季豆，抑或一串羊肉、韭菜，它们都是各自的名字和来处，都是彼此唯一的归途。

洗净泥土的朴实，无论是民族，或是姓氏，它们都是黎明的雨露、黄昏的炊烟。现在，它们如此沉默，率领着来自贵州深山的女子，在路口等待置换生活。

融入或者登临，上岸，在盛夏的夜里，它们是扑腾的光，我所关切的生命个体，正在努力书写大地上一点点站起来，慢慢形成弧桥的微微凸起的命运。

原载于《星星·散文诗》2019年第8期

杨胜应作品

爱与灯（二章）

爱

在生活的海洋里，诱惑的海浪牵引人们的目光向彼岸遥望……远远的，仿佛真有一座圣殿向人们投来神奇的光芒，在人们的心中涌起向往。而一旦人们亲自驾驶航船经历了风暴险浪抵达了梦寐以求的彼岸，所见的却是平凡无奇的疆域；这时候，蓦然回首对岸，悠悠的梦雾缥缈，反倒是美得令人难以置信了。至此，人们恍悟：爱是一艘由浅入深、从梦幻驶向真实的船。

因为爱，人们变得深刻，因为深刻，也就感悟到平淡的真谛。正因为如此，古今中外，几千年来人类歌颂着的爱与美从来没有脱离现实的复杂性。

静物

　　我喜爱读塞尚的静物画，我觉得它们有一种安抚现代人浮躁焦灼情绪的功能。这位被后人称为"现代绘画之父"的印象派画家，其境遇也是很凄凉的：孤零而抱病，穿着皱损的衣服，一个对人们逐日败坏或改变城中的每一角而光火、叹息的老顽固，孩子们成群地在他背后追跑、掷石块，好似赶一只丧家犬……

　　一种孤独的生活方式，使他将无限的柔情转向心中的静物？以此来表现全部的真善美？

　　这深厚缠绵的蓝色，这一个个生气勃勃洋溢着幸福感的苹果、橘子、柠檬过滤掉了画家多少痛苦与怨怒？它们都是他的好伴侣。

　　画使他的内心充实、快乐，精神有了寄托。

原载于《星星·散文诗》2019 年第 1 期

听琴（外一章）

风清景明，山高月小。

丝竹的流水哗哗，夜空中弥漫古乐的清香。

倾听，我们可以站着、坐着、斜倚、横躺……

身体变换的姿态，配合着音乐婉转的姿态。

细细的弦，轻轻鸣奏曾经的芳华、披霜的岁月、繁密的故事。与低低的鸟鸣、静静的月光，相互应和。

听琴。在高处，在低处；在喧哗时，在幽静时；在得志时，在失意处——

我们听到的，不过是自我生命的诉说。

望月

月光光，月亮亮。

一镰新月，在邈远处穿行，悄悄地，刈着夜雨、冷风。

把一弯浅浅的笑，挂在了蒙蒙夜空。

月光光，月堂堂。

一轮圆月，在山岗上游弋，如新娘子的脸蛋，妩媚了静谧的星天。

落满清辉的峰顶，闪动着圣洁的光波。

月光光，月明明。

月在中庭，月在天边，或盈或缺，无不牵动我们观望的目光。

望月。在满月里，在残月里，我们依稀望见了——

泛黄的往事，久别的亲情；曾经的来路，即将的前程……

万物静默如谜（二章）

三分钟的回忆

从山下望去，一座山寺就像一只悬空的野果，挂在夏日枝头。

那时候，我正从少女走向青年。

一条小路，仿佛小溪水从山上下来，那么清浅，连一朵浪花都没有。我甘心做一朵笨拙的浪花，穿着荷花裙子，逆流而上。

多少年过去了，我似乎还在那寺庙的门外，诵经声正越过红墙，变成台阶旁的一朵小黄花，等我俯下身来。

一只鸟，落在一米远的地方。

我望着天上的云，就像望着自己的影子。

我流泪的时候，生活大雨滂沱。

没有一条路是孤独的。有时候，一群野草爬上来；有时候，一群蚂蚁爬过来。

我不是野草，也不是蚂蚁。

我是一条通往自己的路。

从山上望下去，尘世安静，所有的屋顶都像是多年前遗失的鞋子，等每一个必将到来的日子穿上它们，再小心翼翼地脱下它们。

一条河，仿佛静止不动，只有时光，在替它们流淌着。

只是，我不再学孔夫子，不再说：逝者如斯夫。我用右手食指将"不舍昼夜"四个字写在左手手心，光线落在上面，一闪一闪的。

雪人

再次写到雪，世界就白了，像一枝会思考的芦苇，终于开出了轻盈的芦花。

你叫我：雪人。

我就不由自主地想融化。就像一首诗遇到了几百年后的读者。

我深知这只是一个比喻。我喜欢活在一群比喻句中，今日像月亮，明日像瀑布。

除了白，还是白。

仿佛天堂里除了雪花，还是雪花。

想起金子美玲写下的：中间的雪，很孤单吧？

她活了 27 岁，为了孤单，她从来拒绝长大。中间的雪，还没有融化吧？我用今年的新雪攥成一个雪团，我把它看成灵魂的样子。洁白、圆满，没有多余的东西，也没有想要的东西。

久居北方，先认识了雪，后认识了雪人。

在雪与雪人的中间，隔着什么？为什么，不是生而为雪，一生，只见证尘世的温暖。

有时候，我静静地坐在月亮下，像一个雪人，一点一点融化。月光，是另一种雪，就像雪人是另一种人。

我什么也不想，却突然明白了。

明，是一盏灯；白，是另一盏灯。我久久地注视着它们，眼睛里充盈着取之不尽的光芒。仿佛昨日之雪与明日之雪，将我堆成了一个诗人。

原载于《星星·散文诗》2019 年第 3 期

青海，一个朝圣者的诗篇（组章）

昆仑山口：风从身后抱住我

在海拔4768米的昆仑山口停下来，不需要理由。

来到这儿的人，都值得我信赖——牵手、搀扶、拥抱、倾诉。望着随风舞动的经幡，我想飞。

风从身后抱住我，我仿佛披上了神圣的袈裟。

午后的蓝天白云，雪山玉珠峰被阳光洗濯得晶莹剔透，空旷的尘世，我不想说出心中的惊疑。

迤逦的雪线划开我的来世之路，一位藏胞竖起大拇指，指向可可西里——

藏羚羊之爱：交颈欢愉

第一次看见藏羚羊在草地上吃草，我对它们说："好好活着！"

再次看见藏羚羊，公羊围着母羊转，我对它们说："好好相爱！"

一阵太阳雨带给我们片刻的凉爽，藏羚羊交颈欢愉——

白云掉下来落在天路上，我突然感受到了爱的重量。

坐在中巴车上，一路颠簸，我们讲着与藏羚羊有关的话题，有人想家了，有人说起了自己的初恋，或曾经的暗恋。

可可西里，一群藏羚羊离我们这么近；青藏公路，雪山玉虚峰离我们那么远。

"好好活着，好好相爱。"我们有多久没有这样甜言蜜语了？

柏树山：和一群羊或乌鸦对视

潺潺溪水往低处流，我背着行囊往高处爬，路边的古柏林像一个个沉默的老人，从饱经风霜的脸上，我体会着什么是卑微。

穿着黑色的 T 恤，那么多的乌鸦欢迎我。许多年来，我一直对乌鸦保持着敬意——

它们的黑，曾无私地照亮我绝望的夜晚。

羊血肠、羊肝、羊爪、羊蝎子……一头羊在我们的嘴里分解，又在酒精的肠胃中消化。

我打着嗝走出蒙古包，像一头落单的羊，迷失在羊圈外。带着高原反应我来到蓊郁的柏树山，看山峦、丘壑、瀑布和云桥，看草原、红柳和经幡——

尘世之外，和一群羊或乌鸦对视，各自回忆着过去。

原载于《星星·散文诗》2019 年第 7 期

从马灯里回来

从一盏七十年代的马灯里回来，我的脸上飘拂着黧黑的煤油味道；在松针一样尖啸的寒风中，我看见我喷出的气息里有呛人的火星。

沟渠狭窄的水声仿佛拖前拖后的影子。

松冈上腾起的磷火，被马灯回收，多年后，变成父亲死去的骨头。

——这种转变有点儿艰难，但在时光的帮助下，轻易就成了现实。

现在，马灯像一件贡品，挂在父亲的遗像下，已油尽灯枯。

可是，没有谁愿意把它取走，就好像遗忘是另外一种更深刻的记忆。

当我的儿子用弹弓击中它——"啪"的一声，那灯罩没碎，是怀念突然被激活了。

一盏七十年代的马灯，仿佛一条静止的时光隧道，挂在记忆的影壁上，供我出走，也供我一次次返回。那被马灯拉长又变形的村乡之夜，裹挟着默片一样的风声，倒灌进我破烂的身体……

死亡挑着时间的灯芯，把微暗的生命之光，播洒到我们的呼吸中。

原载于《散文诗》2019 年第 5 期

动物园物语（外二章）

　　一个人就是一座完整的动物园。头脑是笼子。思想是飞禽。欲望是隐形潜伏的兽。人性是动物园四周环绕的假山、喷泉、锈铁围栏与装饰有广告牌的塑料花园。四周经过的人都是动物园爱好者，他们每天穿越我生命的围栏参观我的存在与欲望。身体像一道低矮围墙沿我影子的地势在内心地貌中蜿蜒，环护着一个人小小的隐私与自我。我孤独的影子是动物园里最年长的管理员，每天无日无夜地巡视园区，还必须在月升时刻，用一把钥匙把所有猛兽锁牢在我的七情六欲与喜怒哀乐里，防止人性出逃而成兽性，或者兽性出逃而伪装成人性。给动物送食料的高大货车每夜穿越我内心的后门进入动物园（那里有我的一张面具看门）。那时，送货的司机会听见猴山上一声又一声模拟人类箴言的叫声。那是我新写的诗句。

街头买菜记

外出买菜，与人讨价还价。也许因为久久谈不拢吧，那菜贩子一怒之下，就把我一把拎起，塞进他手心那只电子计算器里。他恨恨地按着那计算器上各个加减乘除键与数字键计算着我。于是我在那计算器里一会儿变成白菜价，一会儿变成番茄价，一会儿变成冬瓜价，一会儿变成洋葱价，一会儿变成老韭菜价，一会儿变成蘑菇价。呵呵，一会儿……一会儿……哦，眼看自己快要变成臭豆腐价、臭鱼价、烂虾价，甚至猪蹄价了，我急得在那计算器里边挣扎边喊道："呵呵，我买了，我买了，我不讨价还价了……"于是，那菜贩子大度地松开手，把我从计算器里假释了出来。我于是提着满满一篮用自己的挣扎之姿标出生命价码买得的菜蔬回家。一回家，我就变成了一颗最便宜的大白菜，被我太太种在了床单上。

原载于《散文诗》2019 年第 4 期

章德益作品

摊开的大手

当一只摊开的大手缓缓收拢，收拢，紧紧攥成一只棱角分明、骨节隆起的巨型拳头时，我清晰地听见那深密手指缝里不断传出骨头的粉碎声、骨质的扭曲声、关节的喘息声，以及肢体的碎裂声。

还听见……有人呻吟……

谁呢？谁在那巨型拳头缝里呻吟呢？好奇，遂把耳朵俯在那攥紧的拳头缝边听，细听，反复细听，却一片寂静。什么声音也没有。只有一种带有恐怖意味的寂静。一种极具威慑力量的寂静。啊，什么声音也没有！

只听见我的心跳声被孤零零地悬在半空攥着，攥紧，被攥在时间与空间浩瀚而空茫的虚静中，似有似无，若真若幻，游丝般挣扎着，呻吟着，吟着……生命的虚幻之诗。

原载于《诗潮》2019年第10期

章德益作品

石头上的几块补丁（二章）

我们的角色

　　我们是好多人中的一小撮。在松花江和嫩江的交汇之处，滩涂上落满了乌鸦。没有一只发出鸣叫，没有一只看见我们。在乌鸦的脚下，是我们双脚踩过留下的深深的印痕，盛满了雨水，和落日的余晖。乌鸦黑亮的翅膀，划着暮色，和在暮色中返回村庄的人们。而对于我们，一只乌鸦并不知道，它在暗中把我们护佑，我们说过的话，被它反复地删减、修正，最终才被那些细微的事物听见。

　　两条江紧紧地拥抱在一起，每一滴水都张开了臂膀，每一滴水都闭紧了眼睛，收紧了呼吸，它们相互撞击，破碎，再融为一体。水和水不需要相认，也不需要分出善恶，水有水的语言。乌鸦在学习水的习性，但是它永远是暗夜中的污泥、水中的黑石。它是我们这一小撮的见证者，在昼夜的缝隙里，它是两条江的巫师，成全了一次交融。

我们这一小撮，到底充当了什么角色？拖拉机在泥土中压出深深的辙痕，塔头上的绿草渐渐枯黄，渔网没来得及缝补，离群的绵羊眼含泪水，成群的牛羊丢失了主人，遗落在田地里的玉米粒和麦子，对那满天的星辰说了些什么？

寄生与偿还

　　没有一棵树与我毫不相干，没有一棵草离开过我的身体，没有一滴水不是从我眼睛里分娩。没有一块石头不是在我的后背上站立，它的筋骨上散布着深绿的苔藓，苔藓的骨缝里长出了蒲车轮菜和十月的菊花。

　　我为什么要说出这些秘密呢？当我置身嫩江的终结地，大地无声，最远的星辰发出隐秘的光芒，被我从一粒稻谷中剥出来。最小的孩子，伸出嫩绿的脚丫，他刚刚在残茬中踏过一层薄薄的霜雪，却没有留下任何痕迹。我要向他索求什么？七星瓢虫成群结队，在我的肩头昂首，它们在祈祷什么？这秋天，不甘于沉寂的只有我，渴望在卑微的事物里长存记忆。

一条江也是我的一部分，额头隆起的乡野，又随着缓缓降临的暮色回到人世。我用指甲剪成一叶扁舟，在自己的身体里划动。那些渐渐远去的，铁锚上的锈迹、沙砾中的玛瑙，乡村女人头饰上的微微荧光，夜色中敲着江堤的马蹄，指尖上的初雪，我把它们交还给夜晚，那些奔波在此生的人们，才能过好余下的时光，心安理得地与我挥手道别。

原载于《星星·散文诗》2019 年第 3 期

印象乌拉盖（二章）

喝酒

玉笛横吹，花浪滔天。

草原上的美人鱼，撕一朵白云做帷帐。

一堆噼噼啪啪燃烧的树枝上，一壶唐诗飘着醉人的酒香。

一轮圆月，就可当灯。

一个人用乌拉盖的辽阔下酒，一杯又一杯地喝出男人耸上额头的苍凉。

驮一座雪山，鹰，用翅膀在酒杯中亢奋地飞进飞出。

再不喝，鹰会用翅膀把酒杯掀翻。

抿一口，一下子抿出记忆深处三千年奔跑的马蹄。此刻，箭射天狼，一支响箭穿透八万里云和月。大地上，无数的花朵被箭声鼓动，一路上摇着旗旌，穿行于北方腹地，在午夜准时抵达。

天亮，准会花开大地。

酒令声中，乌拉盖草原辽阔的风韵，曲曲折折穿行骨缝，抵达血液深处。

站起来的汉子，不由得颤抖了一下。

辽阔，原来那么重。

风来

一行青鸟挟着遍地水草的诗句射向蓝天。
古铜色的光芒代替美丽的羽毛纷纷落下。

风来，一河的浩浩荡荡。
一边日落，
一边月升，
一棵树的苍凉，深入骨髓。
扎根，喊醒，
早些年埋葬草原的马骨。

空阔之外，沿着乌拉盖边缘的月光，渐进草原的南风染绿串串鸟鸣。

顿时，沿河套而来的风代替长鞭的吆喝，让马骨起身，踏上征程，赶赴雪山。

草原上，鸟声有点少，
从高高的云端驮些回来。

原载于《星星·散文诗》2019 年第 9 期

明媚的忧伤（二章）

妙笔生花的人

人藏在人中。

臻于我12个月的细致观察，当你路过我的内心，另一个你已悄然上岸，而中间缺失的部分猛地消失。

太离奇了，中间部分是一个在黑夜里滑冰的光影，冰面泛着道道白光。

是你还是我？是另一个你还是另一个我？相互兼容地支撑着彼此，共同躺倒在松花江江面上，共享冬日、冰夜，和闪烁不定的对寒冷的无奈与愤懑。

横陈于此，身心清醒，我们各自安好。一件棘手的事情不再棘手了，我放下了你，你成为我新的粮仓，最微小的一粒，等待另一个你在我的欢笑中无怨地离开。

那个在画布上修饰人形面孔的人，逃走了。

一场喧闹成为我的道具，而你呢，在清绝寒冷的北方坐实命运的惶惶不可终日，被地狱之手遥遥召唤。

金属的爆裂声突然抵达！

令人猝不及防的还有我和你的另一个你我，整个世界都在紧张、恐惧，人形悬空在一堵墙上，再妙笔生花的人，也无法描述，不可描述。

冰面，陷入溃败之势。

黎明前一切尚无动静

人的意识形态有一种腐朽的棺椁的味道。

多年前，我还消陷于往返普陀山的轮渡上，无法摆脱一种神秘的指引，一份苦乐悲喜交相排斥的暧昧之中。

这种祭祀以冷漠的态度被海上观音所见，却并不为大多众生所认可。直到此时，我依然认为好像不认识我一样。就是说，它第一次成为永不暗淡的信念激励我，并告诫我不要在抑郁里放弃蝼蚁之身。

鞭子在黎明到来之前不时地尖叫，如今，我以蓝色为鳍，以一尾鱼的形式省略了越冬之物。活生生的，不是玄幻，不是虚拟，静静匍匐在北方。

夜，安然醒在重复的命运里了。

向南之路濒临倒闭，而我却躺在油腻的中年为一份不得已的布局欢呼雀跃，或高或低地点数黄玫瑰的摆放位置。

不知道的可能还有我的生，是死的又一次预演。

不难想象，晨曦扑打在我的空身时，梦的苦味是否温柔地促使我又多活了若干年，以慰我莅临尘世瘦小、荒凉的一段时光。

我拿什么留住你呢？

在熹微到来之前，我的孤绝，我幽默的豁达的丰饶而美的黎明。

然而，一切尚无动静！

原载于《星星·散文诗》2019 年第 9 期

野渡（外一章）

"嘎"的一声！

从大山深处蹦蹦跳跳走过来的那条乡间小路，一到这里，骤然间就被绷断了。

如此柔细的琴弦，经不起脚下一江浩荡汹涌的弹拨；

而在这上下十里唯一的渡口相逢，却是一生难得的机缘呢。

我们不会路人般擦肩而过。

我们，必须一起聚集在小河边，向停靠对岸的渡船公，轮番地高声呼渡；

我们，必须在只有几块凌乱的踏脚石，显出几分原始荒凉的渡口，一起来回踱步，耐心地等待；

我们，必须一起踏上刚刚从对面驶过来，靠岸，然后抛锚泊定，晃晃悠悠的那一条小小渡船。

从此便须臾不可分离，注定了共同的命运。

我们将一同起锚，撑篙。

挥桨。启程。

一起，对坐在随波晃荡、窄窄的船舱里，天南地北地谈笑，或是在桨声灯影里，默默地，相视，相守。

一起，倚靠在鸭尾巴般勃然翘起的船艄，循着那道波光闪烁的航迹，向逐渐远逝、逐渐模糊的光影流年，缱绻地回眸；

或是，双双并立视野开阔的船头，朝着新奇、未可知的前方，极目远眺。

一起，箭矢般地驶向狮吼雷鸣的中流，与命运之蛟做生死沉浮的搏斗。

一起，躺在风平浪静、粼波潋滟的水天间，悠闲自在地漂流……

人生难料。

我们能如誓，如约，一起抵达烟雨朦胧、远在天涯的彼岸么？

海上落日

水天相接，烈焰腾烧。

独自漫步吹拂着咸腥海风的平软沙滩，我看到
轻描淡写的海天边际线上方，悬吊着一颗熟透了、
摇摇欲坠的太阳，

迟缓，而安详地，

躺进另一颗在海面上漂浮挣扎，即将要沉没，
即将要熄灭的太阳的怀抱里。

（久别重逢，还是最后的诀别？）

亲密无间地，拥抱着。

不消片刻，它俩就在热烈的拥抱中熔化，融合
成同一颗缓缓地西落的太阳，一起踏入清静无为、
万物同一的境界。

不见仙子凌波起舞。

唯百鸥于此翔，集。

而此刻，那些散布滨海，被起起落落的潮汐重
重包围、困扰不已的大小礁石，如一群被激怒的黑
脊白腹的巨豚，狂呼奔跃不已，拒绝在暮云压顶、
恶浪喧嚣中沉没。

239

一匹匹篇幅浩大、光芒闪烁的金波，轻轻地抖开来，抖开来……

然后，轻轻，轻轻地覆盖了它们。

（谁，高举起一支引领它们从容地走向归途的烛火？）

苍凉空阔的海面，隐隐传送来阵阵似告别、似祝福，低沉婉约的颂歌。

始于朝霞满天、万目同瞻的伟大辉煌啊，

此刻，已渐渐归于温和，肃穆，平淡。

浪击船舷。

温柔地，絮絮地诉说。

依然心怀不平似的，夜潮，水怪般从遥远昏暗的海面上，一浪咬一浪地汹汹然卷了过来，毫不留情地，扫荡掉散落在我身后空寂的沙滩上，所有杂沓纷纭的足印，以及孩子们用稚嫩童心堆造的那些迷宫、沙堡。

桑多镇的男人们（二章）

归途

    她在昏黄的斜照中终于认出他来。

    她认出了他的狂热，他的幻想、挣扎、懦弱和无助的透骨的苍凉味儿。

    她说："回吧，趁你还没死在路上。"

    他靠在酒吧后的南墙上，想找到可以依靠的东西。

    他花了二十年来反抗命运，而今却像一摊泥，倒在失败里，那战胜猛虎的勇气早已飞逝。

    她说："回吧，趁你还没在我眼前死去。"

    她的声音仿佛来自故乡，又仿佛来自地狱。

    他想勇敢地站起来，那天色，就忽然暗到了心里。

    幸亏还有星辰悄然出现，照见了他的归途，照见他的女人：像棵干枯的树，陪伴在他的左右。

牧人的锅庄

他跟着他的女人，加入了名叫锅庄的圆形的舞阵。

他抬脚、扬手、转身、顿足、甩袖，发出轻呼。

他瞥见女人的黝黑的脖颈，和粗壮的腰身。

三十多年了，女人始终陪伴着他。

三十多年了，他与岁月一起，把她从天仙般的少女，变成了失去奶水的粗糙的老妇。

当他俩渐渐步入舞阵的中心，他再也无法适应那极速的步履，跌倒在她身上。

众人善意地大笑起来。

他抱住了她，露出三十年前的羞涩的笑容。

原载于《星星·散文诗》2019 年第 10 期

图书在版编目（CIP）数据

2019 中国年度最佳散文诗选 / 龚学敏，周庆荣主编.
——成都：成都时代出版社，2020.7
ISBN 978-7-5464-2606-8

Ⅰ.①2… Ⅱ.①龚…②周… Ⅲ.①散文诗—诗集—
中国—当代 Ⅳ.① I227.6

中国版本图书馆 CIP 数据核字（2020）第 090495 号

2019 中国年度最佳散文诗选
2019 ZHONGGUO NIANDU ZUIJIA SANWENSHIXUAN

龚学敏　周庆荣　主编

出 品 人　李若锋
责任编辑　李卫平
责任校对　张　巧
责任印制　张　露
封面设计　许天琪
装帧设计　成都九天众和
　　　　　陈露　张珈瑜
出版发行　成都时代出版社
电　　话　（028）86742352（编辑部）
　　　　　（028）86615250（发行部）
网　　址　www.chengdusd.com
印　　刷　成都市金雅迪彩色印刷有限公司
规　　格　145mm×210mm
印　　张　7.875
字　　数　130 千
版　　次　2020 年 7 月第 1 版
印　　次　2020 年 7 月第 1 次
书　　号　ISBN 978-7-5464-2606-8
定　　价　58.00 元

我的屋檐，露水滴落，像一声声鸟鸣

奔跑不歇的桑梓和族谱

虽然只是，一张普通而平庸的脸

一个祭奠，一句怒发冲冠

对不同的两种姿势

空荡荡的草原上，牧歌岑寂

我很少承认，这是消失

人间的尘埃与纷攘

对照着我的掌纹，

红，红成一道霞彩。绿，绿城一片水波